ルナとふしぎの国《くに》のユニコーン

キズナが生《う》まれるシャボンの島《しま》

作★小《こ》春《はる》りん
絵★ao.

魔《ま》法《ほう》がつかえる、
ふしぎでステキな
ユニコーン。

ユニコーンがくれたのは
きれいな羽《はね》のついた
私《わたし》だけのトクベツなくつ。

空《そら》を飛《と》びたいって願《ねが》ったら
ふわりっ！
からだが、ちゅうにういた。
「いっしょに空《そら》の国《くに》へ行《い》こう！」

勇気《ゆうき》をだして、
虹色《にじいろ》の世界《せかい》へ。
私《わたし》、今《いま》
とってもドキドキしてる――。

ルナとふしぎの国《くに》のユニコ★ーン

キズナが生《う》まれるシャボンの島《しま》

人物紹介《じんぶつしょうかい》

ルナ

ふしぎの国《くに》に迷《まよ》いこんだ元気《げんき》いっぱいの女《おんな》の子《こ》。ノアと出《で》会《あ》って、いっしょにスカイガーディアンを目《め》指《ざ》すことに！

ノア

空《そら》の国《くに》が大《だい》好《す》きなユニコーン。角《つの》が短《みじか》く、魔《ま》法《ほう》の力《ちから》が弱《よわ》いのがコンプレックス。友達思《ともだちおも》いでとってもやさしい。

ふたりは大《だい》のなかよしで親友《しんゆう》。ルナはそんなふたりの関係《かんけい》に憧《あこが》れているよ。

ミキさん

ルナのママ

アルマ

エミリのパートナーのユニコーン。角《つの》が長《なが》く、魔法《まほう》の力《ちから》が強《つよ》い。

アトラス

クレアのパートナーで、伝説《でんせつ》のユニコーンと名高《なだか》い。

エミリ

気《き》が強《つよ》い女《おんな》の子《こ》で、ルナやノアと同《おな》じく、スカイガーディアンを目指《めざ》している。

クレア

空《そら》の国《くに》の王女《おうじょ》さま。スカイガーディアンをまとめていて、国《くに》の平和《へいわ》を守《まも》っている。みんなの憧《あこが》れの存在《そんざい》。

ティナ

ティナのママ

シャボンランドで出会《であ》った人魚《にんぎょ》の親子《おやこ》。

スカイガーディアンってなあに？

空《そら》の国《くに》を守《まも》る、強《つよ》くてかっこいい集団《しゅうだん》だよ！　それぞれペアとなる運命《うんめい》のユニコーンがいて、王女《おうじょ》さまのだすミッションをクリアすると、レインボージュエルがもらえるんだって。レインボージュエルをすべて集《あつ》めると、一人前《いちにんまえ》のスカイガーディアンとしてみとめてもらえるよ。

ルナとふしぎの国《くに》のユニコーン
キズナが生《う》まれるシャボンの島《しま》

1

ユニコーンの魔法《まほう》のくつ

「いってきます！」

ある晴《は》れた日《ひ》の午後《ごご》。ルナは近《ちか》くの図書館《としょかん》に、本《ほん》を借《か》りにいくことにしました。

「暗《くら》くなる前《まえ》にかえってくるのよ」

ルナのママは、ママの親友《しんゆう》のミキさんと庭《にわ》でティーパーティー中《ちゅう》。

ふたりは今《いま》のルナと同《おな》じ十歳《じっさい》のときに出会《であ》ってから、一番《いちばん》なかよしの友達《ともだち》です。

ルナは、お互《たが》いのことをなんでもわかりあえる、ふたりの関係《かんけい》にあこがれていました。

(私《わたし》もいつか、親友《しんゆう》ってよべる友達《ともだち》ができたらいいな)

家《いえ》をでたルナは、かよいなれた道《みち》を通《とお》って図書館《としょかん》に向《む》かいます。

その途中《とちゅう》、公園《こうえん》のそばに、ふしぎなトンネルがあるのを見《み》つけました。

(たしか、昨日《きのう》まではなかったよね?)

木《き》の枝《えだ》とまるい葉《は》っぱでできたトンネルの中《なか》には、色《いろ》とりどりの花《はな》がたくさんさいています。

(トンネルは、どこにつながっているんだろう。もしかしたら図書館《としょかん》までの近道《ちかみち》になるかも!)

★ミニクイズ1★ 日本《にほん》で一番《いちばん》おおきな湖《みずうみ》はどこ?(ヒント:フルーツの名前《なまえ》が入《はい》っているよ!)

ルナは楽《たの》しいことが大好《だいす》きな女《おんな》の子《こ》です。ワクワクしながら、トンネルに入《はい》りました。

どんどんおくにすすんでいきます。しばらくすると、みどりがおいしげる森《もり》の中《なか》にでました。

頭上《ずじょう》からは白《しろ》い光《ひかり》がふりそそぎ、木《き》の枝《えだ》の上《うえ》では黄色《きいろ》い小鳥《ことり》が歌《うた》っています。

（家《いえ》の近《ちか》くにこんな場所《ばしょ》があるなんて知《し》らなかった）

目《め》の前《まえ》を、青《あお》いちょうちょが通《とお》りすぎます。

おいかけるように歩《ある》きだしたルナは、エメラルドグリーンにかがやく湖《みずうみ》を見《み》つけました。

ミニクイズ１の答《こた》え　びわ湖《こ》

湖《みずうみ》の水面《すいめん》はキラキラと光《ひか》っていて、とってもきれい。

「あっ！」

そのとき、ルナは湖《みずうみ》のほとりに〝なにか〟がいることに気《き》がつきました。

かわいいポニー？　おおきなシカ？

いいえ、どちらでもなさそうです。

（あれって、もしかしてユニコーン!?）

おどろいたルナは、一歩《いっぽ》うしろに足《あし》を引《ひ》きます。

すると……。

パキッ！

そのひょうしに、木《き》の枝《えだ》をふんでしまいました。

「ひゃっ!!」

音《おと》に気《き》づいたユニコーンが、ゆっくりと顔《かお》をあげます。

目《め》があったしゅんかん、ユニコーンの角《つの》が美《うつく》しい虹色《にじいろ》にかがやきました。

「わあっ、ステキ!」

ルナが思《おも》わず見《み》とれていると、とつぜんユニコーンが前足《まえあし》を高《たか》くあげてさけびます。

「ぼくのパートナーだ!」

「パートナー?」

ふしぎに思《おも》ったルナが首《くび》をかしげると、ユニコーンがそばにかけよってきました。

★ミニクイズ2★　雨上《あめあ》がりに出《で》る棒《ぼう》ってなんだ?

「ぼくは、ノア！　きみの名前《なまえ》は？」

「わ、私《わたし》？　私《わたし》の名前《なまえ》はルナだよ」

どうやらユニコーンの名前《なまえ》はノアというようです。

ノアの大《おお》きさは、ルナの身長《しんちょう》と同《おな》じくらい。たてがみは、つやのあるラベンダー色《いろ》です。

瞳《ひとみ》はルナのかみの毛《け》の色《いろ》と同《おな》じピンクブラウンでした。頭《あたま》には、ちょこんとしたかわいい角《つの》がはえています。

(ユニコーンに会《あ》えるなんて、うれしいな！)

はじめてユニコーンに会《あ》ったルナは、ノアに興味津々《きょうみしんしん》です。

「ねぇ、ノア。私《わたし》があなたのパートナーって、どういうこと？」

ミニクイズ２の答《こた》え　レインボー

ルナがたずねると、ノアはニッコリとほほえみました。

「ぼくはスカイガーディアンを目指《めざ》しているんだ。それで、パートナーを探《さが》しにここまできたんだよ」

「スカイガーディアンって？」

「空《そら》の国《くに》を守《まも》る、トクベツなユニコーンのことだよ！　みんなのあこがれの存在《そんざい》なんだ！」

ノアに説明《せつめい》されても、ルナにはさっぱり意味《いみ》がわかりません。

「実際《じっさい》に見《み》ればわかるよ！　ぼくといっしょに空《そら》の国《くに》へ行《い》こう！」

「あっ！」

次《つぎ》のしゅんかん、またノアの角《つの》が虹色《にじいろ》にかがやきました。

★ミニクイズ３★　雲《くも》は次《つぎ》のうち、どれでできている？　①水蒸気《すいじょうき》　②けむり　③わたあめきらめく星《ほし》がまい、その星《ほし》がルナの足《あし》もとに集《あつ》まります。

あまりのまぶしさに、ルナは思《おも》わず目《め》をつぶってしまいました。

(もう、大丈夫《だいじょうぶ》かな?)

しばらくして、おそるおそる目《め》をあけたルナはビックリ!

「えっ、私《わたし》のくつが変《か》わってる!?」

ルナがはいていたのはふつうのスニーカーだったのに、羽《はね》がついたおしゃれなピカピカのくつに変《か》わっていたのです。

「どうして、くつが変《か》わったの!?」

ミニクイズ3の答《こた》え ①水蒸気《すいじょうき》

「そのくつは、ユニコーンのパートナーに選《えら》ばれた子《こ》だけがはける、魔法《まほう》のくつなんだ」

「魔法《まほう》のくつ？」

「うん。願《ねが》えばね、お空《そら》を飛《と》べるんだよ！」

本当《ほんとう》でしょうか。ノアの言葉《ことば》を聞《き》いたルナは、

（空《そら》を飛《と》びたい！）

と、さっそく心《こころ》の中《なか》で願《ねが》ってみました。

すると……。

ふわりっ！

「ひゃあ！」

★ミニクイズ４★ 空《そら》を飛《と》べる、海《うみ》の生《い》き物《もの》ってなんだ？

本当《ほんとう》に、体《からだ》がちゅうにうきました。

（す、すごいっ！）

でも、魔法《まほう》のくつをはじめてはいたルナは、上手《じょうず》に飛《と》ぶことができませ
ん。

「これ、どうすればいいのっ!?」

「ふふっ。なれるまではぼくにつかまってて。よーし、行《い》くよ！」

カンカンッ！

あたりに、ノアのひづめの音《おと》がひびきわたります。

すると、ノアの体《からだ》もちゅうにうき、ぐんぐん空《そら》にのぼりはじめて……。

（はわわっ！）

ミニクイズ４の答《こた》え　タコ（凧《たこ》）

ルナはあわてて、ノアにしがみつきました。

どんどん、地面《じめん》が遠《とお》ざかります。ふたりの体《からだ》は、あっという間《ま》に木《き》のてっぺんより高《たか》くうかびあがりました。

「ノア、いったいどこに行《い》くの!?」

「ぼくたちユニコーンが住《す》んでる、空《そら》の国《くに》だよ!」

しりとりめいろ

絵《え》を見《み》てしりとりをしながら、
虹《にじ》の道《みち》をすすんでね!
ぶじ、空《そら》の国《くに》まで
たどりつけるかな?

4文字《もじ》だよ！
水族館《すいぞくかん》で見《み》たこと
あるかも？
そらのくに
ゴール

2

空《そら》の国《くに》へようこそ

はだをさす、ひんやりとした冷《つめ》たい空気《くうき》。

気《き》がつくと、ルナは空《そら》の上《うえ》にいました。

必死《ひっし》にノアの体《からだ》をつかんでいたルナに、ノアが声《こえ》をかけます。

「ルナ、もうすぐ着《つ》くよ！」

（よかった。少《すこ》し腕《うで》がつかれて心配《しんぱい》だったけど、もうちょっとなら、がんばれそう）

ぼふんっ！

「きゃあっ！」

そのときです。おおきな雲《くも》のかたまりが、ルナの顔《かお》にぶつかりました。

「ル、ルナっ⁉」

しょうげきで、ノアから手《て》をはなしてしまったルナの体《からだ》はまっさかさま。

（お、落《お》ちるっ！）

ルナはとっさに目《め》をつぶりましたが、

ぽよんっ！

今度《こんど》は体《からだ》がフカフカのなにかにつつまれて、助《たす》かりました。

「ルナ、大丈夫《だいじょうぶ》⁉　ケガはない⁉」

★ミニクイズ5★　フルーツオリンピック、いつも３番目《ばんめ》なのなーんだ？

かけよってきたノアが、心配《しんぱい》そうにルナの顔《かお》をのぞきこみます。

(あれ、おかしいな)

今《いま》、ルナはたしかに地面《じめん》に落《お》ちたはずなのに、体《からだ》はぜんぜんいたくありません。

「う、うん。大丈夫《だいじょうぶ》だよ」

ふしぎに思《おも》って目《め》をあけたルナはおどろきました。

「え……ええっ⁉　なにこれ！」

なんとルナが落《お》ちたのは地面《じめん》ではなく、真《ま》っ白《しろ》な雲《くも》の上《うえ》だったのです。

雲《くも》は立《た》ちあがってもしずみません。雲《くも》の大地《だいち》はとても広《ひろ》くて、どこまでもつづいています。

さらに遠《とお》くの空《そら》には、別《べつ》の雲《くも》のかたまりがういているのも見《み》えました。

「ねぇ、ノア。あっちにういてるものはなに？」

「あれは空《そら》の国《くに》の島《しま》だよ。空《そら》の国《くに》にはいくつかの島《しま》があって、それぞれおもしろいとくちょうがあるんだよ」

「おもしろいとくちょう？」

思《おも》わずルナが聞《き》きかえすと、

「それは行《い》ってからのお楽《たの》しみだよ」

と言《い》って、ノアはニッコリと笑《わら》いました。

ミニクイズ5の答《こた》え　ぶどう（銅《どう》）

空《そら》にうかぶふしぎな島《しま》。楽しいことが大好《だいす》きなルナは、気《き》になってしかたがありません。

「あの島《しま》には、どうやったら行《い》けるの？」

「島《しま》に行《い》くには、まずは空《そら》の国《くに》に入《はい》らなきゃ。あのゲートから入《はい》れるから、さっそく行《い》こう！」

ノアが鼻先《はなさき》でさしたほうを見《み》ると、銀色《ぎんいろ》のゲートがありました。

まわりはあつい雲《くも》でおおわれています。ルナはノアといっしょに、ゲートに向《む》かいました。

ところがゲートの前《まえ》につくと、おおきなツバサを広《ひろ》げた鳥《とり》が、ルナたちをとおせんぼ。

★ミニクイズ６★ 返事《へんじ》のいいお医者《いしゃ》さんって、なーんだ？

クロスワードパズルで
空《そら》の国《くに》のゲートをひらこう！

「空《そら》の国《くに》へようこそ。ゲートを通《とお》るための合言葉《あいことば》を答《こた》えてね！」

どうやら中《なか》に入《はい》るには、パズルの答《こた》えをゲートに
はめこまなければいけないようです。

それぞれのヒントから当《あ》てはまる言葉《ことば》を考《かんが》えよう。

太字《ふとじ》の枠《わく》の文字《もじ》をならべかえると、合言葉《あいことば》がわかるよ！

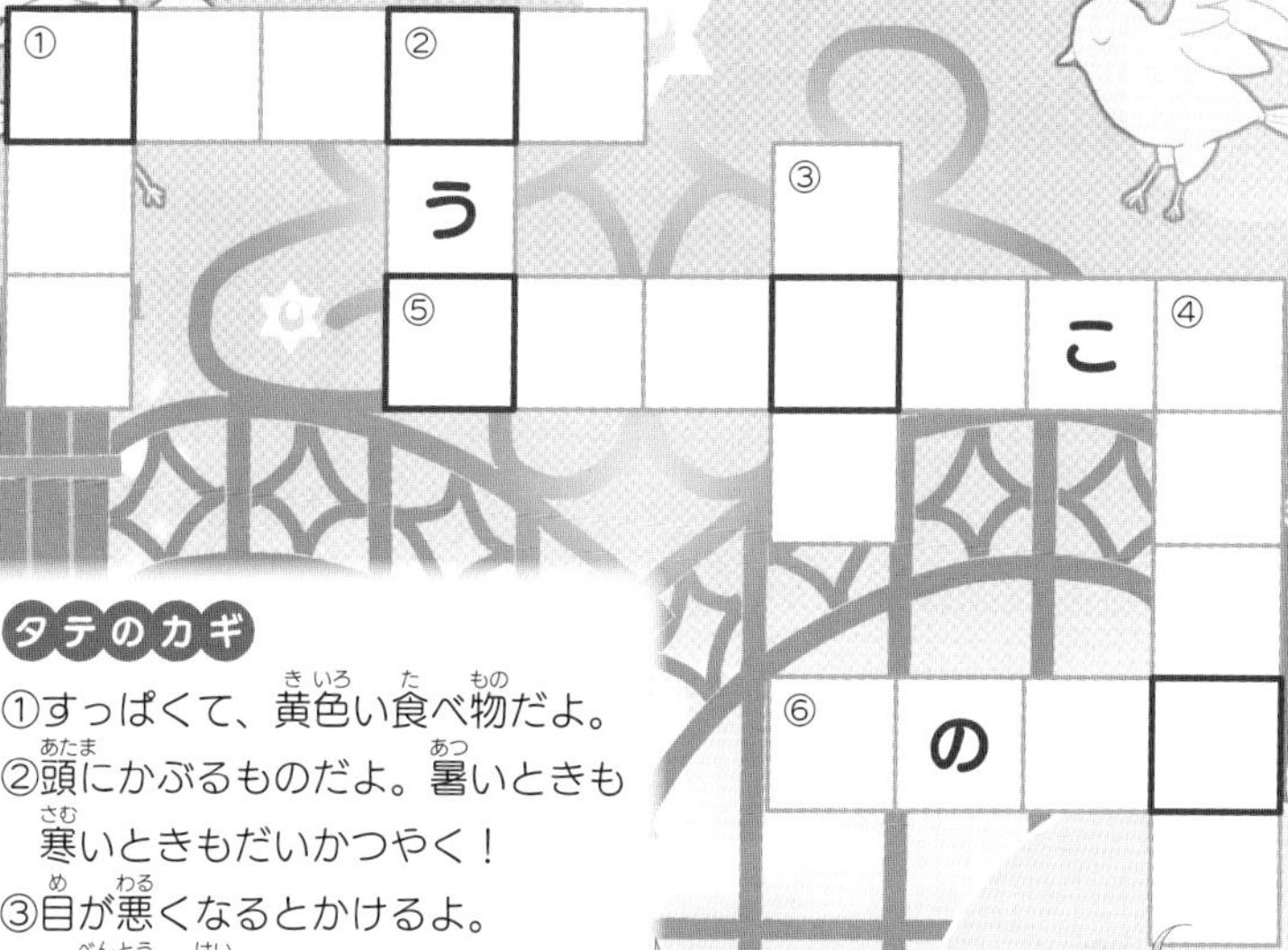

タテのカギ

①すっぱくて、黄色《きいろ》い食《た》べ物《もの》だよ。
②頭《あたま》にかぶるものだよ。暑《あつ》いときも寒《さむ》いときもだいかつやく！
③目《め》が悪《わる》くなるとかけるよ。
④お弁当《べんとう》に入《はい》っているとうれしくなっちゃうかも！たこさんの形《かたち》をしているときもあるよ。

ヨコのカギ

①虹《にじ》を英語《えいご》でなんていう？
⑤ランドセルをせおって行《い》くところだよ。
⑥春《はる》になるとさく黄色《きいろ》いお花《はな》ってなーんだ？

合言葉《あいことば》

「わかった、合言葉《あいことば》は〝ながれぼし〟だ！」

「せいかいです！」

ルナとノアがパズルの答《こた》えをはめこむと、銀色《ぎんいろ》のゲートが開《ひら》きました。

「よかった、無事《ぶじ》に空《そら》の国《くに》に入《はい》れるね！」

そうして、ウキウキしながらゲートをくぐったルナはビックリ！

おおきな瞳《ひとみ》をかがやかせました。

「わあっ！　すごい！」

目《め》の前《まえ》には、見《み》たことがないような、すばらしい景色《けしき》が広《ひろ》がっていたのです。

あちこちに虹《にじ》の橋《はし》がかかり、雲《くも》の大地《だいち》からは木《き》や草花《くさばな》がはえています。

虹色《にじいろ》の滝《たき》と川《かわ》も流《なが》れていました。

とても自然《しぜん》ゆたかな場所《ばしょ》で、見上《みあ》げると昼間《ひるま》なのにきれいな星《ほし》がまたたいています。

「ここが空《そら》の国《くに》なの？　まるで魔法《まほう》の世界《せかい》にまよいこんだみたい！」

遠《とお》くには、おとぎ話《ばなし》にでてくるような、りっぱなお城《しろ》がたっています。

感動《かんどう》したルナは、すぐに空《そら》の国《くに》を気《き》に入《い》りました。

「この空《そら》の国《くに》を守《まも》っているのが、スカイガーディアンのユニコーンたちなんだよ」

そう言《い》ったノアが、一歩《いっぽ》前《まえ》にでます。

ルナはノアの横顔《よこがお》をしずかに見《み》つめました。

ミニクイズ６の答《こた》え　はーい！しゃ（歯医者《はいしゃ》）

（そういえば、ノアはスカイガーディアンを目指《めざ》してるんだよね）

そして、そのためのパートナーを探《さが》しにきたとも話《はな》していました。

「その、スカイガーディアンには、どうすればなれるの？」

なんとなく興味《きょうみ》がわいたルナは、ノアにたずねました。

「スカイガーディアンになるには、王女《おうじょ》さまがだすミッションをクリアしなきゃいけないんだ」

「ミッションをクリアする？」

「うん。そうすると、レインボージュエルっていう魔法《まほう》の宝石《ほうせき》がもらえるんだけどね。それを集《あつ》めたユニコーンだけが、スカイガーディアンになれるんだよ！」

★ミニクイズ7★　くしゃみのスピードと同《おな》じくらいの乗《の》り物《もの》は、次《つぎ》のうちどれ？
①自転車《じてんしゃ》　②車《くるま》　③新幹線《しんかんせん》

そう言《い》うとノアは、ルナの顔《かお》をジーッと見《み》つめます。

（どうしたんだろう？）

ふしぎに思《おも》ったルナは、「私《わたし》の顔《かお》になにかついてる？」と、聞《き》こうとしたのですが……。

「は……っ、くしゅんっ！」

口《くち》をひらこうとしたら、くしゃみがでてしまいました。

ブルッ！　体《からだ》がふるえます。

空《そら》の国《くに》の空気《くうき》はつめたくて、今《いま》のままではかぜをひいてしまいそう。

「どうしよう、上着《うわぎ》は持《も》ってきてないし……」

「ルナ、大丈夫《だいじょうぶ》だよ。ぼくにまかせて」

ミニクイズ７の答《こた》え　③新幹線《しんかんせん》

と、ふいにそう言《い》ったノアが、ニッコリとほほえみました。

「え？」

次《つぎ》のしゅんかん、前足《まえあし》を高《たか》くあげたノアの角《つの》が、美《うつく》しい虹色《にじいろ》にかがやきます。

また、きらめく星《ほし》がまい、ルナの体《からだ》をキラキラとつつみこみました。

（わ、わわっ！）

星《ほし》の光《ひかり》が消《き》えると、なんと、ルナが着《き》ていた服《ふく》がおしゃれでかわいい服《ふく》に変《か》わっています！

「か、かわいい〜〜！」

感激《かんげき》したルナは、その場《ば》でお姫《ひめ》さまのようにクルンッとまわりました。

「ふふっ、よろこんでもらえてよかった。それは空《そら》の国《くに》の服《ふく》だから、これでもう、どこに行《い》っても平気《へいき》なはずだよ」

ノアは魔法《まほう》でルナの洋服《ようふく》を、空《そら》の国《くに》の服《ふく》に変《か》えてくれたのです。

どうやらユニコーンはステキな魔法《まほう》がつかえるみたい。

「ありがとう！　ノアってすごいね！」

ルナはノアをほめたたえました。でも、ノアはちょっぴりふくざつそうな顔《かお》をします。

「ううん、もっとすごい魔法《まほう》をつかえるユニコーンもいるんだ。ぼくはまだまだ見習《みなら》いさ」

「見習《みなら》い？」

★ミニクイズ８★　お天気雨《てんきあめ》のことを「〇の嫁入《よめい》り」というよ！　当《あ》てはまる動物《どうぶつ》の名前《なまえ》はどれ？
①ねこ　②きつね　③うさぎ

「うん。だから、ぼくがスカイガーディアンになるには、パートナーのルナの力《ちから》が必要《ひつよう》なんだよ」

それってどういうこと？

と、ルナはノアにたずねようとしました。

ビュオッ！

「ひゃあ⁉」

ところが、とつぜん強《つよ》い風《かぜ》がふき、ルナの言葉《ことば》は止《と》められてしまいます。

（な、なになに⁉）

その直後《ちょくご》、ふたりの前《まえ》に、〝金色《きんいろ》のなにか〟がおり立《た》ちました。

ミニクイズ８の答《こた》え　②きつね

3

金色《きんいろ》のふたり

「あら、ノアじゃない。こんなところでなにしてるの？」

風《かぜ》がやんで、ルナとノアの前《まえ》にあらわれたのは、金色《きんいろ》のかみの女《おんな》の子《こ》と、金色《きんいろ》のたてがみのユニコーンでした。

（わあっ。すごくきれいなふたり！）

ふたりがならぶと、とても絵《え》になります。

ルナは思《おも》わずうっとりと見《み》とれてしまいました。

「エミリ！　それに、アルマ！」

と、横《よこ》で声《こえ》をあげたのはノアです。

でも、ノアはすぐに気《き》まずそうな顔《かお》をして、ふたりから目《め》をそらしてしまいました。

（ノア、どうしたんだろう）

ルナは首《くび》をかしげましたが、ノアはうつむいたまま顔《かお》をあげようとしません。

なんだか元気《げんき》がないようにも見《み》えます。

「はじめまして。私《わたし》はエミリ。そしてこの子《こ》はアルマだよ」

★ミニクイズ9★　おにんぎょうの中《なか》にかくれているうつくしい生《い》き物《もの》はなーんだ？

ルナがノアを心配《しんぱい》していると、女《おんな》の子《こ》がそう言《い》って一歩前《いっぽまえ》にでました。

どうやら女《おんな》の子《こ》はエミリ、そのとなりにいるユニコーンは、アルマという名前《なまえ》のようです。

「それで、あなたの名前《なまえ》は？」

エミリに声《こえ》をかけられたルナは、ドキッとしてたじろぎました。

（近《ちか》くで見《み》ると、おにんぎょうみたいに美人《びじん》な子《こ》！）

それに、とてもどうどうとしていて、自信《じしん》にみちあふれています。

（この子《こ》と友達《ともだち》になれたらうれしいな！）

もしかしたら、ママと、ママの親友《しんゆう》のミキさんみたいな関係《かんけい》になれるかもしれません。

ミニクイズ９の答《こた》え　にんぎょ

ルナはつい、期待《きたい》に胸《むね》をふくらませました。

「は、はじめまして、私《わたし》はルナです！　よろしくね！」

せすじをのばしたルナは、ぎこちない笑顔《えがお》で自己紹介《じこしょうかい》をしました。

でも、きんちょうしていたせいで大失敗《だいしっぱい》。

(声《こえ》がうらがえっちゃった……。はずかしい)

ルナは顔《かお》を赤《あか》くそめながら、うつむきました。

それでもエミリと仲良《なかよ》くなりたくて、握手《あくしゅ》をするために右手《みぎて》をさしだしたのですが……。

「フンッ」

エミリはルナの顔《かお》を見《み》たあと、鼻《はな》をならしてそっぽを向《む》きます。

★ミニクイズ10★　右手《みぎて》でぜったいににぎれないものはなーんだ？

そして当然《とうぜん》のように、ルナと握手《あくしゅ》をしてくれませんでした。

（ガーン……）

「それで？　こんなところでなにをしてるのかって聞《き》いたんだけど」

かわりにエミリがしたのと同《おな》じ質問《しつもん》を、今度《こんど》はアルマがルナにたずねました。

ルナはエミリに握手《あくしゅ》をきょひされたショックで、言葉《ことば》がでてきません。

（わ、私《わたし》、きらわれちゃったのかな？）

と、ルナが頭《あたま》をなやませていたら……。

「ぼ、ぼくのパートナーになったルナに、空《そら》の国《くに》を案内《あんない》してたんだよ！」

とつぜん口《くち》をひらいたノアが、ルナを守《まも》るように一歩《いっぽ》前《まえ》にでました。

ミニクイズ10の答《こた》え　自分《じぶん》の右手《みぎて》

ハッとしたルナは、ノアに目《め》をうつしました。よく見《み》ると、ノアの足《あし》はふるえています。

「え？　パートナーって、その子《こ》が？」

おどろいた様子《ようす》のエミリとアルマが、意外《いがい》そうに口《くち》をそろえました。

「うん、そうだよ。ルナ……あのね。エミリとアルマもぼくと同《おな》じで、スカイガーディアンを目《め》指《ざ》してるんだ」

そう言《い》ったノアは、よわよわしくほほえみます。

（じゃあ、ふたりはノアの友達《ともだち》なのかな？）

同《おな》じ夢《ゆめ》を目《め》指《ざ》す仲間《なかま》なんだから、きっとそう。

けれどルナがそう思《おも》った直後《ちょくご》に、ふたりは顔《かお》を見合《みあ》わせました。

★ミニクイズ11★　てがみはてがみでもユニコーンがもっているてがみはなーんだ？

「ざんねんだけど、スカイガーディアンになるのは私《わたし》たちが先《さき》だから」

「え？」

「私《わたし》のパートナーのアルマはね、見習《みなら》いユニコーンなのに高度《こうど》な魔法《まほう》がつかえるの」

エミリがそう言《い》って胸《むね》をはると、アルマも金色《きんいろ》のたてがみをゆらしていばります。

「同《おな》じ見習《みなら》いユニコーンでも、アタシとノアにはおおきな差《さ》があるんだよ！」

アルマの言葉《ことば》を聞《き》いたノアは、また気《き》まずそうな顔《かお》をしてうつむいてしまいました。

ミニクイズ11の答《こた》え　たてがみ

シュンとしていて元気《げんき》がありません。

そのノアの様子《ようす》を見《み》たルナは、いても立《た》ってもいられなくなり、おおきく両手《りょうて》を広《ひろ》げました。

「で、でも。ノアだって、魔法《まほう》がつかえるすごいユニコーンだよ！　さっきだって、私《わたし》の服《ふく》を魔法《まほう》で変《か》えてくれたんだから」

ノアをかばうようにして前《まえ》にでたルナは、エミリとアルマをまっすぐに見《み》つめかえしました。

「ルナ……」

どうどうとしたルナの背中《せなか》を、ノアがなみだめで見《み》つめます。

対《たい》するエミリとアルマはきょとんとしたあと、ヤレヤレと首《くび》を横《よこ》にふりました。

「ふふっ。服《ふく》を変《か》える魔法《まほう》は、アタシは生《う》まれてすぐにつかえたなぁ」

アルマはそう言《い》うと、あきれた顔《かお》をします。

「あなた、パートナーに選《えら》ばれたのに、ユニコーンのことをなにも知《し》らないんだ」

つづいてエミリも、ため息《いき》まじりにそんなことを言《い》いました。

「なにも知《し》らないって、どういうこと？」

ルナがエミリにたずねます。

エミリはまためんどうくさそうにため息《いき》をつくと、「あのね」と話《はなし》をきりだしました。

「ノアはほかのユニコーンにくらべて、角《つの》が短《みじか》いの」

「角《つの》が短《みじか》い？」

「そう。角《つの》が短《みじか》いユニコーンは魔《ま》法《ほう》の力《ちから》が弱《よわ》いんだよ。ユニコーンはね、角《つの》がりっぱなほど魔《ま》法《ほう》の力《ちから》が強《つよ》いんだから。この、アルマみたいにね」

「へへんっ！」

エミリにほめられたアルマはうれしそうです。

★ミニクイズ12★　すぐため息《いき》をついてしまう体《からだ》のパーツは？

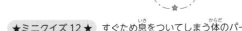

たしかに、ノアの角《つの》より、アルマの角《つの》のほうがおおきくてりっぱでした。

（そっか、ノアがふたりの前《まえ》だと元気《げんき》がないのは、角《つの》のことを気《き》にしてたからなんだ）

ルナがもう一度《いちど》ノアを見《み》ると、ガックリとうなだれていました。

「で、でも、角《つの》が短《みじか》いとか関係《かんけい》ないよ。だって、ノアにはノアのいいところがあるんだから！」

ルナは、どうにかしてノアを元気《げんき》づけようと声《こえ》をはりあげます。落《お》ちこんでいるノアを、ほうってはおけなかったのです。

「それにユニコーンなら、だれだってスカイガーディアンになれるんでしょ？」

ミニクイズ12の答《こた》え　歯《は》（はぁ）

聞《き》きながら、エミリにつめよります。

エミリは腕《うで》をくんだまま、するどい視線《しせん》をルナに向《む》けました。

「あなたの言《い》うとおり、ユニコーンなら、だれでもスカイガーディアンを目《め》指《ざ》せるよ」

「そ、それじゃあ……！」

「でもね、ユニコーンがスカイガーディアンになるには、パートナーと強《つよ》いキズナでむすばれなきゃいけないの」

「ユニコーンとパートナーが、強《つよ》いキズナでむすばれる？」

「ハァ……。しかたがないから、説明《せつめい》してあげる」

つづけられたエミリの話《はなし》はこうです。

★ミニクイズ13★ 〝うで〟は〝うで〟でも、お正月《しょうがつ》にお寺《てら》や神社《じんじゃ》でみる〝うで〟はなに？

その①
見習いユニコーンは、空飛ぶ魔法のくつをはいたパートナーとキズナをふかめる

その②
ふたりで協力しながらミッションをクリアして、レインボージュエルを集める

「この条件をクリアできたペアだけが、一人前のスカイガーディアンとしてみとめられるんだよ」

「つまり、ノアがスカイガーディアンになるには、パートナーであるルナの力が必要不可欠ってわけ！」

エミリの言葉にアルマがつけたしました。

話を聞いたルナはおどろいて、

かえす言葉《ことば》をうしないます。

それもそのはず。

（まさかパートナーが、そんなに責任重大《せきにんじゅうだい》だなんて思《おも》わなかったよ！）

「ユニコーンのことをなにも知《し》らないあなたじゃ、パートナーとして力不足《ちからぶそく》なんじゃない？」

おいうちをかけるようにエミリが言《い》います。

「スカイガーディアンになれるのは、アタシとエミリみたいなエリートだけだよ！」

つづけてアルマがそう言《い》うと、ふたりはふわりと体《からだ》をちゅうにうかせました。

★ミニクイズ14★ 〝ほし〟は〝ほし〟でも、ちいさくて赤《あか》くてしょっぱい〝ほし〟はなに？

ビュオッ！

「ひゃあ!?」

次《つぎ》のしゅんかん、また強《つよ》い風《かぜ》がふきつけます。

ルナはとっさに目《め》をとじました。

そして次《つぎ》に目《め》をあけたときには、エミリとアルマは流《なが》れ星《ぼし》のように消《き》えていたのです。

ミニクイズ14の答《こた》え　梅干《うめぼ》し

4

みんなとちがう

「い、行《い》っちゃった」

空《そら》を見《み》上《あ》げると、ひときわおおきな星《ほし》がまたたいています。

金色《きんいろ》にかがやくその星《ほし》は、ルナにはとても遠《とお》い存在《そんざい》に思《おも》えました。

「ルナ、ごめんね」

エミリとアルマがさったあと、ちいさな声《こえ》でそう言《い》ったのはノアです。

「ぼくがきちんと説明《せつめい》してなかったから、おどろかせちゃったよね」

★ミニクイズ15★ 足《あし》から入《はい》って肩《かた》からでるものは？

やっぱりノアは元気《げんき》がありません。

見《み》かねたルナはノアと向《む》きあうと、首《くび》を横《よこ》にふりました。

「私《わたし》のほうこそごめんなさい。ユニコーンについてなにも知《し》らないくせに、よけいなことを言《い》っちゃって」

(私《わたし》がでしゃばらなければ、ノアがきずつくこともなかったんじゃないかな)

ルナは、ノアに、もうしわけない気持《きも》ちになりました。

すると、肩《かた》を落《お》としたルナを見《み》て、

「ルナは悪《わる》くない！　だから、そんなふうにあやまらないで」

と、今度《こんど》はノアがはげますように言《い》いました。

ミニクイズ15の答《こた》え　おふろ

「あのふたりの言《い》うとおり、ぼくはうまれたときから、みんなよりも角《つの》が短《みじか》いんだ」

ぽつりぽつりと、ノアが自分《じぶん》のことを話《はな》しはじめます。

ノアの角《つの》が短《みじか》いのはうまれつきで、そのせいでほかのユニコーンよりも魔法《まほう》の力《ちから》が弱《よわ》いのは本当《ほんとう》みたいです。

「さっきは、角《つの》が短《みじか》くても、ぼくにはぼくのいいところがあるって言《い》ってくれて、ありがとう。ぼく、とってもうれしかったよ」

角《つの》のことを話《はな》しおえたノアはそう言《い》うと、ニッコリとほほえみました。

(きっとノアは勇気《ゆうき》をだして、私《わたし》に角《つの》のことを話《はな》してくれたんだ)

その証拠《しょうこ》にノアの足《あし》は、今《いま》も少《すこ》しだけふるえています。

★ミニクイズ16★ 転《ころ》んでもすぐに立《た》ちあがる女《おんな》の子《こ》の習《なら》いごとは？

ノアを見《み》つめるルナの心《こころ》は、今《いま》まで感《かん》じたこともないくらいにあつくなりました。

(私《わたし》、ノアのために、もっとユニコーンのことをよく知《し》りたい!)

だれかのために、なにかしたい。

ルナは、こんな気持《きも》ちになるのははじめてで、ドキドキしました。

「ねぇ、ノア。お願《ねが》いがあるの」

胸《むね》の前《まえ》で手《て》をにぎりしめたルナは、そう言《い》って一歩《いっぽ》前《まえ》にでます。

「お願《ねが》い?」

「うん。私《わたし》……ノアの、〝スカイガーディアンになる〟って夢《ゆめ》をおうえんしたい」

ミニクイズ16の答《こた》え チアガール(立《た》ちアガール)

「えっ!?」

「だから私《わたし》に、空《そら》の国《くに》のことやユニコーンのこと、もっとくわしく教《おし》えてくれないかな？」

ルナの言葉《ことば》を聞《き》いたノアは、感激《かんげき》した様子《ようす》でパァッと表情《ひょうじょう》を明《あか》るくしました。

「もちろんだよ！　それじゃあ、まずはルナが行《い》きたがってた空《そら》の国《くに》の島《しま》に行《い》ってみよう！」

「たしか、空《そら》の国《くに》の島《しま》はいくつかあるんだよね？」

「うん！　ぼくのおすすめは、この島《しま》だよ！」

連想《れんそう》クイズ！

これから行《い》く島《しま》はどんな島《しま》？

みんなのだすヒントから、「〇〇〇〇〇〇の島《しま》」の
〇の中《なか》に入《はい》る言葉《ことば》を見《み》つけよう！

みんなも遊《あそ》んだことがあるんじゃないかしら？
ルナともよくいっしょに遊《あそ》んだわ

ルナママ

丸《まる》くて透明《とうめい》よ。光《ひかり》にあたると、
いろんな色《いろ》に見《み》えるのよね

エミリ

風《かぜ》にふかれて、ふわふわ飛《と》んでいくんだ。
とってもキレイだよ

アルマ

６文字《もじ》のことばよ

ミキさん

ぼくがさわったら、パチンッ！ってわれちゃったんだぁ

ノア

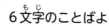

ノアがルナにおすすめしてくれたのは、〝**シャボン玉《だま》の島《しま》**〟でした。

「シャボン玉《だま》の島《しま》にはマーメイドが住《す》んでいて、一日中《いちにちじゅう》あそべる遊園地《ゆうえんち》もあるんだよ！」

マーメイドに遊園地《ゆうえんち》。話《はなし》を聞《き》いたルナは、ウキウキワクワク。すぐに出《で》かけたくなりました。

「私《わたし》、シャボン玉《だま》の島《しま》に行《い》きたい！」

ルナがそう言《い》うと、ノアもうれしそうに前足《まえあし》を高《たか》くあげます。

「それじゃあ、シャボン玉《だま》の島《しま》に行《い》こう！　ルナ、魔法《まほう》のくつに、空《そら》を飛《と》びたいって願《ねが》ってみて！」

「わ、わかった」

★ミニクイズ17★　なぞなぞの答《こた》えが分《わ》かるとでてくる〝かい〟は？

（空《そら》を飛《と》びたい！）

ふわりっ！　ルナが願《ねが》うと、また体《からだ》がちゅうにうきました。

「はわわっ！」

でも、やっぱりまだ上手《じょうず》に飛《と》べません。

「ねぇ、また、ノアにつかまっててもいい？」

「ふふっ、しょうがないなぁ」

けっきょく、ルナはノアにしがみついて、つれて行《い》ってもらうことにしました。

心《こころ》はドキドキとワクワクでおどっています。

「よーし。それじゃあ、シャボン玉《だま》の島《しま》に向《む》けて出発《しゅっぱつ》だ！」

ミニクイズ17の答《こた》え　正解《せいかい》

5

マーメイドの貝《かい》がらブローチ

「ひゃあ！　きれい〜！」

パチンッ！

透明《とうめい》なシャボン玉《だま》が、ルナの鼻先《はなさき》にあたってはじけます。

「ルナ、ここがシャボン玉《だま》の島《しま》だよ！」

ふたりがとうちゃくしたのは、シャボン玉《だま》の島《しま》にあるマーメイドの入《い》り江《え》でした。

（こんなの、はじめて見《み》る！）

目《め》の前《まえ》には、夢《ゆめ》のような光景《こうけい》が広《ひろ》がっています。たくさんのシャボン玉《だま》と、虹色《にじいろ》のサンゴ。それに、美《うつく》しい歌声《うたごえ》をひびかせるマーメイドたち。

感動《かんどう》したルナはうっとりして、しばらくそこからうごけませんでした。

「ルナ、そろそろ行《い》こうか」

「うん、わかった――……あれ？」

そのときです。ルナは入《い》り江《え》のそばに人《ひと》がいることに気《き》がつきました。

(なにしてるんだろう？)

ここからでは顔《かお》はよく見《み》えません。

キョロキョロしながら、なにかを探《さが》しているようです。

「あっ、ルナ、どこに行《い》くの？」

★ミニクイズ18★ 白《しろ》と黒《くろ》をまぜると何色《なにいろ》になる？

「気《き》になるから、ちょっと行《い》ってくるね！」

もしかすると、なにか困《こま》っているのかも。

そう考《かんが》えたルナは、思《おも》いきって声《こえ》をかけてみることにしたのです。

「こんにちは、ここでなにをしているの？」

「えっ⁉」

そばまで行《い》ってたずねると、その人《ひと》はおどろいた様子《ようす》で顔《かお》をあげました。

「あ……」

神秘的《しんぴてき》なグレーの瞳《ひとみ》と、黒《くろ》いかみ。

遠《とお》くからだとわからなかったけれど、その人《ひと》はルナと同《おな》じ年《とし》くらいの男《おとこ》の子《こ》でした。

ミニクイズ18の答《こた》え グレー

「えーと、あなたは……」

「オレは、トワ。きみは？」

「私《わたし》はルナ。それで、この子《こ》はノアだよ」

ルナが自己紹介《じこしょうかい》をすると、トワはあまり興味《きょうみ》なさそうに、「ふぅん」と
つぶやきます。

「トワは、ここでなにをしているの？」

「オレは、おばあちゃんにたのまれたものを集《あつ》めにきたんだ」

「たのまれたものって？」

「オレのおばあちゃんは、空《そら》の国《くに》で薬屋《くすりや》をしてるんだ。それで、新《あたら》しくつくる薬《くすり》に必要《ひつよう》な材料《ざいりょう》を、こうやって集《あつ》めてる」

トワがひろげたふくろの中《なか》を見《み》ると、このあたりに落《お》ちているものがギッシリ！

「わあ、すごい！」

カラフルで半透明《はんとうめい》の石《いし》に、白《しろ》くてクネクネ曲《ま》がっている流木《りゅうぼく》。おおきな黄色《きいろ》いシンジュに、とんがりぼうしみたいなまき貝《がい》まであります。

★ミニクイズ19★　くりの真《ま》ん中《なか》にすっぱいものが入《はい》るとなんになる？

「これが薬《くすり》の材料《ざいりょう》になるの？」

「うん、そうだよ」

「へぇ。まるで宝物《たからもの》みたいだね！」

ルナは瞳《ひとみ》をキラキラとかがやかせました。

「宝物《たからもの》だなんて、おおげさだなぁ。このあたりを探《さが》せば、まだまだいろいろ落《お》ちてるよ」

「えっ、ほんとう？」

シャボン玉《だま》の島《しま》のマーメイドの入《い》り江《え》に落《お》ちているものは、自由《じゆう》に拾《ひろ》って持《も》ちかえってもいいそうです。

「ルナ、せっかくだから、なにか探《さが》してみようよ」

「うんっ！　かわいいものがあれば、ママへのお土産《みやげ》にもなりそう！」

ノアにていあんされたルナは、はりきって入《い》り江《え》を探索《たんさく》しはじめました。

（うーん、ないなぁ）

でも、なかなか見《み》つけられません。

そのまましばらく、歩《ある》きまわって探《さが》していると……。

「あっ！」

足《あし》もとに、きれいな貝《かい》がらが落《お》ちているのを発見《はっけん》！

「空色《そらいろ》の貝《かい》がらなんて、はじめて見《み》るかも！」

貝《かい》がらを拾《ひろ》いあげたルナは、すぐにノアを呼《よ》びとめました。

「見《み》て、ノア。すっごくステキな貝《かい》がらを見《み》つけたよ！」

ミニクイズ19の答《こた》え　薬《くすり》

「ほんとだ！　晴《は》れた日《ひ》の空《そら》の色《いろ》とおんなじだね！」

ノアも空色《そらいろ》の貝《かい》がらを見《み》て感心《かんしん》します。

「それ、ブローチにしたらよさそうだね」

ふたりを見《み》ていたトワがつぶやきました。

「ブローチ？」

「うん。服《ふく》につけたら、似合《にあ》うんじゃない？」

トワのアドバイスを聞《き》いたルナは、水鏡《みずかがみ》にうつった自分《じぶん》のすがたを確認《かくにん》しました。

服《ふく》に拾《ひろ》った貝《かい》がらをあててみたら、たしかにすごくいい感《かん》じ！

「でも、私《わたし》はブローチなんてつくれないし……」

★ミニクイズ20★　空《そら》を飛《と》べない鳥《とり》ってなーんだ？

どうすればいいのでしょう。

と、話《はなし》を聞《き》いていたノアが、とつぜん前足《まえあし》を高《たか》くあげました。

「まかせて！　ぼくがその貝《かい》がらを、ブローチにしてあげる！」

「えっ⁉」

次《つぎ》のしゅんかん、またノアの角《つの》が虹色《にじいろ》にかがやきました。

きらめく星《ほし》がルナの手《て》の上《うえ》に集《あつ》まり、空色《そらいろ》の貝《かい》がらをつつみこみます。

「ふふっ、これでどうかな⁉」

キラリン！

ノアは空色《そらいろ》の貝《かい》がらを、魔法《まほう》で〝マーメイドの貝《かい》がらブローチ〟に変身《へんしん》させたのです。

ミニクイズ20の答《こた》え　ペンギン

「わあっ、かわいいっ！」

手《て》の中《なか》のブローチを見《み》て、ルナはうっとり。

「ノア、ありがとう！」

「気《き》に入《い》ってもらえてよかった。ルナ、さっそくつけてみてよ！」

ノアにせかされたルナは、服《ふく》の胸《むな》もとにブローチをつけました。

「ルナ、すごく似合《にあ》ってるよ！」

「うん、いい感《かん》じじゃん」

ノアとトワにほめられて、ルナは
くすぐったい気持《きも》ちになりました。

「ふたりとも、どうもありがとう。

「ふふっ、宝物《たからもの》が増《ふ》えちゃった」

マーメイドの貝《かい》がらブローチは、ルナのお気《き》に入《い》りコレクションの仲間《なかま》入《い》りです。

（お土産《みやげ》にあげたら、ママもきっとよろこぶよね！）

うれしそうなルナを見《み》て、ノアも顔《かお》をほころばせました。

「それじゃあ、オレはそろそろ行《い》かなきゃ」

そう言《い》って、荷物《にもつ》をまとめたのはトワです。

どうやらトワは家《いえ》にかえらないといけないみたい。

「トワ、おばあちゃんのお手伝《てつだ》い中《ちゅう》だったのに、いっしょに探《さが》してくれてありがとう」

「べつにいいよ。オレもけっこう楽《たの》しかったし。それじゃあ、またな。

シャボン玉《だま》の島《しま》、楽《たの》しんできて」

それだけ言《い》うと、トワはその場《ば》からさっていきました。

「なんだか、ふしぎな男《おとこ》の子《こ》だったね」

「うん、そうだね」

（また、どこかで会《あ》えるかな？）

もしも会《あ》えたら、次《つぎ》は、もっといろんな話《はなし》を聞《き》けたらいいな。

「それで、ノア、これからどこに行《い》くの？」

トワを見送《みおく》ったあと、気《き》をとりなおしたルナがノアにたずねました。

「うーん……そうだ！　せっかくだから、〝あの場所《ばしょ》〟に行《い》こうか！」

★ミニクイズ21★　お坊《ぼう》さんが10人集《にんあつ》まると乗《の》れるものは？

「あの場所《ばしょ》？　って、どこ？」

「ふふっ、それはお楽《たの》しみだよ！　とにかく、ぼくについてきて！」

そうしてルナはノアの先導《せんどう》で、入《い》り江《え》にとまっていたシャボン玉《だま》のボートに乗《の》りこみました。

「それじゃあ、出発《しゅっぱつ》します！」

運転手《うんてんしゅ》さんが、元気《げんき》に声《こえ》をはりあげます。

ボートは風《かぜ》にふかれて、ゆっくりとすすみはじめました。

ジャブン、ジャブン――。

（ノアはいったい、どこに行《い》くつもりなんだろう？）

ミニクイズ21の答《こた》え　ボート

6

シャボンランド

「とうちゃくです！　おりるときは足《あし》もとにお気《き》をつけください！」

しばらくしてボートがとまったのは、おおきな遊園地《ゆうえんち》の前《まえ》でした。

運転手《うんてんしゅ》さんにお礼《れい》を言《い》ってボートからおりたルナは、目《め》の前《まえ》にあるものを見《み》て瞳《ひとみ》をかがやかせました。

「ここはシャボン玉《だま》の島《しま》の一番《いちばん》の人《にん》気《き》スポット、〝シャボンランド〟だよ！」

ノアがルナをつれてきたかった場所《ばしょ》。それはシャボン玉《だま》の島《しま》にある遊園《ゆうえん》地《ち》、シャボンランドだったのです。

「すごい、シャボン玉《だま》の観覧車《かんらんしゃ》がある！」

観覧車《かんらんしゃ》だけではありません。シャボン玉《だま》のジェットコースターに、シャボン玉《だま》のコーヒーカップ。シャボン玉《だま》のメリーゴーランドに、シャボン玉《だま》のお城《しろ》まであります。

「シャボンランドはね、マーメイドでも楽《たの》しめるように、あちこちに水路《すいろ》がひいてあるんだよ」

ノアの言《い》うとおり、園内《えんない》には水路《すいろ》があって、虹色《にじいろ》の水《みず》が流《なが》れていました。

マーメイドたちはその水路《すいろ》を通《とお》って、目的《もくてき》の場所《ばしょ》まで行《い》くそうです。

★ミニクイズ22★　ジェットコースターの中《なか》にかくされたキレイなもの、なーんだ？

（たしかにノアの言《い》うとおり、園内《えんない》にはマーメイドたちがたくさんいる！）

マーメイドの大人《おとな》から子供《こども》まで、みんながつかう虹色《にじいろ》の水《みず》は、園内《えんない》のあちこちからわきでています。

シャボンランド自体《じたい》がおおきな湖《みずうみ》の上《うえ》にたてられているのだと、ルナはノアにおそわりました。

「まずは、どのアトラクションに乗《の》りたい？　今日《きょう》はルナが乗《の》りたいものや食《た》べたいもの、ぜんぶ楽《たの》しもうよ！」

そう言《い》うと、ノアは前足《まえあし》を高《たか》くあげます。

「ルナには空《そら》の国《くに》を、もっともっと好《す》きになってもらいたいんだ」

ミニクイズ22の答《こた》え　星《ほし》（スター）

ノアはニコニコ笑《わら》っています。

うれしそうなノアを見《み》ていたら、ルナはさらにワクワクしてきました。

「ありがとう、ノア。それじゃあ最初《さいしょ》は、シャボン玉《だま》のジェットコースターに乗《の》りたいな」

「いいよ！　それじゃあ、行《い》こう」

そうしてルナとノアはならんで、仲良《なかよ》く歩《ある》きはじめました。

☆　☆　☆

「ふぅ、シャボンランドってサイコー！」

ハイテンションのルナが、両手《りょうて》をおおきく広《ひろ》げます。

ルナとノアは、シャボンランドにあるアトラクションのほとんどに乗《の》る

★ミニクイズ23★　新《あたら》しくするとおいしい食《た》べ物《もの》に出会《であ》える顔《かお》のパーツは？

ことができました。

でも、広《ひろ》い園内《えんない》を歩《ある》きまわって、もうクタクタ。ふたりは、園内《えんない》にあるマーメイドカフェで一休《ひとやす》みすることにしました。

「いらっしゃいませ〜」

カフェに入《はい》ると、店員《てんいん》のお姉《ねえ》さんが案内《あんない》してくれました。

「ご注文《ちゅうもん》は、なににしますか？」

マーメイドカフェには、ルナが見《み》たことのないメニューがたくさんあります。

シャボンソーダにシャボンケーキ、シャボンパフェにコーヒーも。

（どれにしようかまよっちゃう！）

ミニクイズ23の答《こた》え　目《め》（メニュー）

「おすすめは、シャボンキャンディです」

店員《てんいん》のお姉《ねえ》さんが指《ゆび》さしたのは、シャボン玉《だま》みたいなアイスキャンディでした。

「味《あじ》が七回変《ななかいか》わる、ふしぎなアイスなんですよ」

「わぁっ！　すっごくかわいいし、おいしそう！」

虹色《にじいろ》の丸《まる》いアイスキャンディは、まるでおしゃれなペンライトのよう。

ルナはシャボンキャンディを一目見《ひとめみ》て気《き》に入《い》りました。

「これください！」

ルナのとなりにいたノアも、声《こえ》をはずませます。

「それじゃあ、さっそくカフェのテラスでいっしょに食《た》べよう！」

ルナとノアは買《か》ったばかりのシャボンキャンディを持《も》って、カフェのテラスにすわりました。

そして、つかれた足《あし》を休《やす》めて、シャボンキャンディをひとくち、パクリッ！

「ふふっ、あま〜いっ！　ねっ、ノア！」

「うん！　あまくておいしいねぇ」

ふたりは顔《かお》を見《み》あわせて思《おも》わずニッコリ。しあわせな気持《きも》ちでシャボンキャンディを食《た》べおえました。

「あれ？」

そのときです。ノアが、あることに気《き》がつきました。

「ノア、どうしたの？」

「ルナ、ブローチは？」

「え？　それはもちろん、ここに――って、あれ!?　な、ない！」

なんと、ルナの洋服《ようふく》につけていたはずの貝《かい》がらのブローチが、いつの間《ま》にかなくなっていたのです。

（どうしよう。いったいどこに落《お》としたのかな!?）

★ミニクイズ24★　10匹集《ぴきあつ》まると感謝《かんしゃ》される生《い》き物《もの》は？

絵《え》さがしゲーム

ルナが落《お》としたブローチを探《さが》そう！

シャボンランドのどこかに、
ルナの貝《かい》がらブローチが落《お》ちているよ。
探《さが》してみてね！

答《こた》えは187ページを見《み》てね！

「ノア、あった⁉」

「ううん、見《み》つからない。もしかして、カフェじゃないところで落《お》としたとか？」

ルナとノアは一生《いっしょう》けんめいブローチを探《さが》しました。でも、なかなか見《み》つけることができません。

（これだけ探《さが》してもダメなんて……）

と、ルナがあきらめかけた、そのときです。

「ねぇねぇ、お姉《ねえ》ちゃんたちが探《さが》しているのって、これのこと？」

ちゃぷんっ！　カフェの店内《てんない》に流《なが》れる水路《すいろ》から、ちいさなマーメイドの女《おんな》の子《こ》が顔《かお》をだしました。

ミニクイズ24の答《こた》え　アリ（ありがとう）

「**お城**《しろ》**のそば**に落《お》ちてたよ」

そう言《い》った女《おんな》の子《こ》が持《も》っていたのは、まさにルナたちが探《さが》していた貝《かい》がらのブローチでした。

「わっ、ありがとう！　そう、私《わたし》たちはこのブローチを探《さが》してたんだ！」

ルナがブローチを受《う》けとってお礼《れい》を言《い》うと、女《おんな》の子《こ》はニコッとほほえみます。

「よかった。次《つぎ》は落《お》とさないように気《き》をつけてね！」

「ティナ、こっちよ！　シャボンチョコレートケーキ、早《はや》くいっしょに食《た》べましょう」

水路《すいろ》の先《さき》で、だれかが女《おんな》の子《こ》のことをよんでいます。声《こえ》がしたほうを見《み》ると、大人《おとな》のマーメイドが女《おんな》の子《こ》を手《て》まねきしていました。

「あなた、ティナって名前《なまえ》なの？」

「うんっ、そうだよ。それじゃあワタシ、ママがよんでるからもう行《い》くね！」

マーメイドのちいさな女《おんな》の子《こ》、ティナをよんでいたのはティナのママでした。

「ティナ、ブローチを拾《ひろ》ってくれて、本当《ほんとう》にありがとう！」

「どういたしまして！」

ルナがもう一度《いちど》お礼《れい》を言《い》うと、ティナは笑顔《えがお》でママのところにもどっていきました。

「ママ、おまたせ。わあっ、ケーキ、すっごくおいしそう！」

「ふふっ。ティナはここのケーキがお気《き》に入《い》りだもんね。今日《きょう》、シャボンランドにこられてよかったわ。ティナ、五歳《ごさい》のお誕生日《たんじょうび》おめでとう」

ティナとティナのママは、どうやらティナのお誕生日《たんじょうび》のおいわいのためにシャボンランドにあそびにきたみたい。

「わーい、ママ、ありがとう！　大好《だいす》きっ！」

★ミニクイズ25★　図書館《としょかん》の中《なか》はいつも同《おな》じ季節《きせつ》なんだって。どんな季節《きせつ》？

ルナはママのところにもどったティナのことを、ずっと目《め》でおいかけていました。

どくん、どくん。

ふたりのことを見《み》ていたら、なんだか胸《むね》がざわざわしたあと、いたいくらいにしめつけられます。

（そういえば、私《わたし》の十歳《じっさい》の誕生日《たんじょうび》のときも、ティナと同《おな》じように家族《かぞく》で遊園地《ゆうえんち》に行《い》ったっけ）

そして家《いえ》にかえってからは、ママとくせいのバースデーケーキを、家族《かぞく》とママの親友《しんゆう》のミキさんといっしょに食《た》べて、おいわいしてもらったのです。

ミニクイズ25の答《こた》え　初夏《しょか》（としょかん）

（考《かんが》えてみたら、私《わたし》……。ママに、図書館《としょかん》に行《い》ってくるとしか伝《つた》えてないよね）

ルナはいろいろ思《おも》い出《だ》します。

ママには暗《くら》くなる前《まえ》にかえると約束《やくそく》もしました。

今《いま》が何時《なんじ》なのかわからないけれど、ルナのママは、なかなかかえってこないルナのことを心配《しんぱい》しているはずです。

「ルナ、ブローチが見《み》つかってよかったね」

だまりこんでいたルナは、ノアに声《こえ》をかけられて、ハッと我《われ》にかえりました。

「あ、うん。ママへのお土産《みやげ》にしようと思《おも》ってたから、見《み》つかって本当《ほんとう》によかった……。ノアも探《さが》してくれて、どうもありがとう」

そう言《い》うと、ルナはティナから受《う》けとったブローチを、もう一度《いちど》洋服《ようふく》につけなおしました。

その間《かん》もあいかわらず、胸《むね》はざわざわしていて落《お》ちつきません。

(なんだか私《わたし》も、ママに会《あ》いたくなっちゃった)

ティナとティナのママのやり取《と》りを見《み》ていたルナは、急《きゅう》にさみしくなってしまったのです。

「ねぇ、ノア」

「なぁに？」

「レインボージュエルって、何日《なんにち》くらいで集《あつ》められるのかな？」

胸《むね》の前《まえ》でギュッと手《て》をにぎりしめたルナは、思《おも》いきってノアにたずねました。

ノアは、「うーん」と首《くび》をひねって、むずかしい顔《かお》をします。

「それはわからないなぁ。一年以上《いちねんいじょう》かかったっていう話《はなし》も聞《き》いたことがあるし」

「い、一年以上《いちねんいじょう》!?」

★ミニクイズ26★ 「家《いえ》に酢《す》ある？」って聞《き》かれたよ。なんて答《こた》える？

「うん。ミッションは空《そら》の国《くに》の王女《おうじょ》さまが決《き》めるから、中《なか》にはすごくむずかしいものもあるみたいなんだ」

つづけられたノアの話《はなし》はこうです。

見習《みなら》いユニコーンとパートナーになった子《こ》は、レインボージュエルを集《あつ》めおえるまで、空《そら》の国《くに》にある〝ユニコーンハウス〟に住《す》む決《き》まりなんだとか。

「ちなみにユニコーンハウスは、王女《おうじょ》さまがいるお城《しろ》の近《ちか》くにあるんだよ。お部屋《へや》もホテルみたいにきれいだから、安心《あんしん》して大丈夫《だいじょうぶ》！」

説明《せつめい》しおえたノアは、エヘン！とほこらしそうに胸《むね》をはりました。

ところがルナは、いっきに不安《ふあん》になって顔《かお》がくもります。

ミニクイズ26の答《こた》え イエス

「ノアの言《い》うとおりなら、私《わたし》は一年以上《いちねんいじょう》、家《いえ》にかえれないってこと？」

「うん、そうだけど……ルナ、どうしたの？」

ルナの様子《ようす》がおかしいことに気《き》づいたノアが、声《こえ》のトーンを落《お》としました。

（どうしよう。私《わたし》、ノアに空《そら》の国《くに》のことやユニコーンのことを、もっとくわしく教《おし》えてってお願《ねが》いしたばかりだけど……）

「ノア、ごめんなさい」

「え？」

「やっぱり私《わたし》は、ノアのパートナーにはなれないかも」

★ミニクイズ 27★　よ～くきくと、涙《なみだ》がでちゃうのは？

7

すれちがうココロ

シャボンランド内《ない》では、アトラクションやパレードを楽《たの》しむみんなの声《こえ》がひびいています。

「ぼくのパートナーになれないって、どういうこと？」

その明《あか》るい声《こえ》とは正反対《せいはんたい》の、ふるえる声《こえ》でそう言《い》ったのはノアでした。

ノアは、予想外《よそうがい》のルナの言葉《ことば》におどろいたのか、目《め》を白黒《しろくろ》させています。

ミニクイズ27の答《こた》え　ワサビ

「もしかして、ぼくのことがきらいになった？」

「ううん、そうじゃなくて！　ただ、私《わたし》は……家族《かぞく》に一年以上《いちねんいじょう》も会《あ》えないって思《おも》ったら、すごくさみしくなっちゃったんだ」

そう言《い》うと、ルナは肩《かた》を落《お》としました。

ルナは、楽《たの》しいことが大好《だいす》きな女《おんな》の子《こ》です。ユニコーンのノアと出会《であ》ってからは、ずっとワクワクドキドキしていました。

(魔法《まほう》のくつをもらって、空《そら》を飛《と》んで……。はじめて空《そら》の国《くに》にこられてうれしかったのも、ぜんぶ、本当《ほんとう》の気持《きも》ちだもん)

シャボン玉《だま》の島《しま》のシャボンランドでも、ステキな思《おも》い出《で》がたくさんできました。

★ミニクイズ28★　タオル、風《かぜ》、シャボン玉《だま》…どんなところが共通《きょうつう》してる？

それもすべて、ノアのおかげです。

だからルナだって、できることならノアを悲《かな》しませたくはありません。

(でも、やっぱり私《わたし》は、家族《かぞく》と一年以上《いちねんいじょう》もはなればなれになるのは嫌《いや》だよ)

「ルナの気持《きも》ちもわかるけど……。ぼくのパートナーは、ルナしかいないんだよ?」

ノアは、すがるような目《め》でルナを見《み》つめます。

罪悪感《ざいあくかん》にかられたルナは、とっさにノアから目《め》をそらしてしまいました。

「ねぇ、ルナ。ぼくたちはふたりでいっしょに、スカイガーディアンを目指《めざ》すんじゃなかったの?」

ミニクイズ28の答《こた》え 「ふく」ところ

「うん……。だけど私《わたし》も家族《かぞく》が大切《たいせつ》なの。だからノア、パートナーは、ほかの人《ひと》を探《さが》してくれない？」

そう言《い》うと、ルナはにぎりしめた手《て》に力《ちから》をこめました。

心《こころ》はチクチクと針《はり》でさされたようにいたみつづけています。

もうノアのことを、まっすぐに見《み》られませんでした。

「本当《ほんとう》に、ルナはぼくのパートナーになってくれないの？」

「うん」

「ぜったいの、ぜったいに無理《むり》なの？」

「……うん」

「そんな……」

★ミニクイズ29★　空《そら》にいるのに水中《すいちゅう》で生活《せいかつ》するのは？

ルナの返事《へんじ》を聞《き》いたノアは、フラッとよろけたあと、いよいよだまりこんでしまいました。

気《き》まずい空気《くうき》が、ふたりの間《あいだ》に流《なが》れます。

急《きゅう》にだまってしまったノアのことが心配《しんぱい》になったルナは、おそるおそる顔《かお》をあげて、ノアの様子《ようす》をうかがいました。

「ノア、あの——」

「ぼくはルナとふたりで、スカイガーディアンを目指《めざ》したかった」

「え……？」

「ぼくたちふたりなら、きっと夢《ゆめ》をかなえられるって信《しん》じてたのに！」

ミニクイズ29の答《こた》え カイ（スカイだから）

「あっ！　ノア！」

力《ちから》いっぱいさけんだノアは、ひとりで飛《と》びたってしまいました。

飛《と》びたつ前《まえ》のノアの瞳《ひとみ》には、うっすらとなみだがうかんでいて……。

(私《わたし》……ノアを泣《な》かせちゃった)

ルナはぼうぜんと立《た》ちすくんだまま、はなれていくノアを見《み》ていることしかできませんでした。

8

ラベンダー色《いろ》のリボン

（どうしよう。ノアをきずつけちゃった）

ノアと別《わか》れてひとりになったルナは、とぼとぼとシャボンランド内《ない》を歩《ある》きまわりました。

「ハァ……」

ため息《いき》がとまりません。

ノアといっしょだったときにはかがやいて見《み》えた景色《けしき》も、今《いま》はなんだか物寂《ものさび》しく感《かん》じます。

（ノアはきっと、すごく怒《おこ》ってるよね）

ルナは自分《じぶん》のさみしいという気持《きも》ちを優先《ゆうせん》して、一方的《いっぽうてき》にノアを突《つ》き放《はな》してしまったのです。

ルナを信《しん》じていたノアからすれば、ルナにうらぎられた気持《きも》ちだったはず。

ノアの目《め》にうかんでいたなみだを思《おも》いだしたら、ルナまで泣《な》きたい気持《きも》ちになりました。

（ノアに、きらわれちゃったかも）

考《かんが》えれば考《かんが》えるほど胸《むね》が苦《くる》しくなって、ルナは落《お》ちこむばかりです。

「ねぇねぇ、そこのおじょうさん」

★ミニクイズ30★　オウムが並《なら》んでも食《た》べたがるものってなーんだ？

そのとき、明《あか》るい声《こえ》がルナをよびとめました。

「暗《くら》い顔《かお》をしてたら、つまらないよ。うちのお店《みせ》でおもしろいものでも見《み》ていきなよ！」

顔《かお》をあげたルナの目《め》にとびこんできたのは、おしゃれなレンガ造《づく》りの建《たて》物《もの》でした。

その建物《たてもの》の前《まえ》にはカラフルなオウムが一羽《いちわ》、とまっています。どうやら声《こえ》をかけてきたのは、そのオウムのようです。

「ここは、シャボンストアだよ！」

オウムの言《い》うとおり、建物《たてもの》にはシャボンストアと書《か》かれた看板《かんばん》がついていました。

ミニクイズ30の答《こた》え　オムレツ

「もしかして、ここはアクセサリーショップ？」

ルナは、シャボンストアの前《まえ》までゆっくりと歩《ほ》をすすめました。

おおきなガラス窓《まど》からは店内《てんない》をのぞくことができて、中《なか》にはたくさんのお土産《みやげ》や、かわいいグッズがディスプレイされているのが見《み》えます。

（ステキなお店《みせ》……せっかくだし、入《はい》ってみようかな）

このまま意味《いみ》もなく園内《えんない》を歩《ある》きまわるよりもいいでしょう。

ルナは思《おも》いきって、足《あし》をふみだしました。

カラン、カラン。

トビラをあけると、かわいらしいベルの音《おと》がひびきます。

「いらっしゃいませ！」

そう言《い》ってルナをでむかえてくれたのは、先《さき》ほどのオウムではなく、マリーゴールド色《いろ》のかみがきれいなお姉《ねえ》さんでした。

店員《てんいん》のお姉《ねえ》さんは、頭《あたま》にカラフルなシャボン玉《だま》のカチューシャをつけています。

「あの、そのカチューシャって……」

「ふふっ、これはシャボンランド限定《げんてい》のグッズなんですよ。ほかにもステキな商品《しょうひん》がいろいろあるので、ゆっくり見《み》ていってくださいね」

案内《あんない》されたルナは、お姉《ねえ》さんの言葉《ことば》どおりに、店内《てんない》をゆっくりと見《み》てまわることにしました。

アンティークの戸棚《とだな》には、見《み》たこともないようなふしぎな商品《しょうひん》がおいてあります。

商品《しょうひん》には使《つか》い方《かた》のトリセツが、こまかく書《か》いてありました。

（ええと、あまいグミの香《かお》りのシャボン玉《だま》シャンプー？　これでかみを洗《あら》うといい匂《にお》いになるけど、ちょっとベトベトするから注意《ちゅうい》してだって！）

そのほかにも、激甘《げきあま》シャボンキャンディのつめあわせや、無限《むげん》にシャボ

★ミニクイズ31★　お姫《ひめ》さまと王子《おうじ》さまが好《す》きなデザートは？

ン玉《だま》がでてくるキーホルダー、われるときの音《おと》がドレミの音階《おんかい》のシャボン玉《だま》なんてものまであります。

「あっ、こっちはアクセサリーコーナーだ」

お店《みせ》のおくまですすんだルナは、今度《こんど》はガラスでできた戸棚《とだな》の前《まえ》で足《あし》を止《と》めました。

「わあっ、かわいい」

そこにはキラキラ光《ひか》る、シャボン玉《だま》をモチーフにしたアクセサリーがならんでいました。

シャボン玉《だま》のイヤリングに、シャボン玉《だま》リング。シャボン玉《だま》のブレスレットに、シャボン玉《だま》のネックレス。

ミニクイズ31の答《こた》え　プリン（プリンセス・プリンス）

（ぜんぶステキで、どれだけ見《み》てってもあきないくらい！）

ルナは、うっとりと目《め》をほそめました。

と、しばらくして、棚《たな》のおくに見《み》おぼえのある色《いろ》のリボンがおいてあることに気《き》がつきました。

「これって……」

「ああ、それはラベンダー色《いろ》のシャボン玉液《だまえき》で染《そ》めたリボンなんです。そのリボンには、〝想《おも》いをつなぐ魔法《まほう》〟がかけられているとかいないとか」

「想《おも》いをつなぐ魔法《まほう》？」

店員《てんいん》のお姉《ねえ》さんの説明《せつめい》を聞《き》いたルナは、思《おも》わずリボンを手《て》にとりました。

（これ、私《わたし》のリボンと同《おな》じ色《いろ》だ）

★ミニクイズ32★　キレイになればなるほど小《ちい》さくなるものは？

近《ちか》くにある鏡《かがみ》を見《み》たルナは、確信《かくしん》します。

お店《みせ》で見《み》つけたリボンは、ルナがいつもかみにつけているリボンと同《おな》じラベンダー色《いろ》でした。

「あら、そのリボン……。お客《きゃく》さまがかみにむすんでいるリボンと同《おな》じ色《いろ》ですね」

店員《てんいん》のお姉《ねえ》さんも気《き》がついたようで、ニッコリとほほえみました。

ルナが今《いま》、かみにつけているラベンダー色《いろ》のリボンは、十歳《じっさい》の誕生日《たんじょうび》に、ルナのママの親友《しんゆう》のミキさんがプレゼントしてくれたものです。

『一目見《ひとめみ》て、このリボンはルナちゃんに似合《にあ》うと思《おも》ったのよ』

ミキさんのその言葉《ことば》のとおり、リボンをかみにむすぶと、パパにもママ

ミニクイズ32の答《こた》え せっけん

にも「似合《にあ》ってる」「かわいいよ」とほめられました。

（それからずっと、私《わたし》のお気《き》に入《い》りなんだよね）

まさか、同《おな》じ色《いろ》のリボンと空《そら》の国《くに》で出会《であ》えるなんて、思《おも》ってもみませんでした。

「これ、ノアに似合《にあ》いそう」

と、ふいにルナの口《くち》から、そんな言葉《ことば》がこぼれました。

ハッとしたルナは、とっさに自分《じぶん》の口《くち》もとに手《て》をそえます。

（私《わたし》、今《いま》……）

ルナはラベンダー色《いろ》のリボンを見《み》て、無意識《むいしき》のうちにノアのことを思《おも》いうかべていたのです。

★ミニクイズ33★　トランプの中《なか》にはいっている宝石《ほうせき》は？

また、胸《むね》がギュッと苦《くる》しくなります。

ノアは今《いま》ごろ、どこでなにをしているのでしょうか。

「ひとりぼっちで泣《な》いてたらどうしよう」

ぽつりとつぶやいたルナは、手《て》の中《なか》のリボンを見《み》つめます。

すると次《つぎ》のしゅんかん、リボンが波《なみ》うつように、キラキラと光《ひか》りました。

その光《ひかり》を見《み》ていたルナの頭《あたま》の中《なか》には、ノアとの思《おも》い出《で》が映像《えいぞう》のように流《なが》れます。

(そうだ。ノアは、魔法《まほう》のくつでうまく飛《と》べない私《わたし》を助《たす》けてくれたよね)

ルナが雲《くも》の上《うえ》に落《お》ちたときも、ルナがケガをしていないかどうか、心配《しんぱい》してくれました。

ミニクイズ33の答《こた》え ダイヤ

それだけじゃありません。

ルナがかぜをひかないように変身《へんしん》させてくれたし、拾《ひろ》った貝《かい》がらもブローチに変《か》えてくれました。

シャボンランドにつれてきてくれたのも、ルナに空《そら》の国《くに》のことを好《す》きになってほしいからだと言《い》っていました。

（ノアはいつだって、私《わたし》にやさしくよりそってくれたのに）

ルナは、ノアの気《き》持《も》ちによりそうことができませんでした。

ノアを想《おも》えば想《おも》うほど、ルナの胸《むね》には後悔《こうかい》がおしよせます。

「やっぱり私《わたし》、もう一度《いちど》ノアと話《はな》さなきゃ」

このまま、サヨナラなんてしたくない！

★ミニクイズ34★　ベランダにちらばっている花《はな》は？

強《つよ》くそう思《おも》ったルナは、リボンをそっとにぎると、店員《てんいん》のお姉《ねえ》さんのところに向《む》かいました。

(このリボンは、ノアにプレゼントしよう)

「これ、ください!」

ルナは決意《けつい》をこめた声《こえ》でそう言《い》うと、お姉《ねえ》さんにラベンダー色《いろ》のリボンをわたしました。

するとお姉《ねえ》さんは、

「ありがとうございます。こちらのリボンは、コイン五枚《ごまい》になります」

と言《い》って、またニッコリとほほえみました。

「コイン?」

ミニクイズ34の答《こた》え　ラベンダー

ルナは、いきおいをなくしてかたまります。

自分《じぶん》がコイン――お金《かね》を持《も》っていないことを、スッカリわすれていたのです。

「もしかして、お客《きゃく》さんはコインを持《も》っていないんですか？」

空《そら》の国《くに》のお金《かね》は、星《ほし》の形《かたち》をしたコインです。お姉《ねえ》さんの言《い》うとおり、ルナはコインを一枚《いちまい》も持《も》っていませんでした。

「ご、ごめんなさい。私《わたし》、今日《きょう》はじめて空《そら》の国《くに》にきたんです」

「そうですか、困《こま》りましたね。ざんねんですが、コインがないと商品《しょうひん》を買《か》うことはできません」

お姉《ねえ》さんの言葉《ことば》を聞《き》いたルナは、ガックリと肩《かた》を落《お》としました。

★ミニクイズ35★ 海《うみ》のそこにいる星《ほし》は？

（お金《かね》を持《も》っていなければ、売《う》り物《もの》を買《か》えないのは当然《とうぜん》だよね）

しかたがありません。ルナはあきらめて、リボンを元《もと》の棚《たな》にもどそうとしました。

（このリボン、ノアに似合《にあ》うと思《おも》ったのに）

「あっ、ちょっとまって！」

そのとき、お姉《ねえ》さんがとつぜん、ルナのことをよびとめました。

「それ……」

「え？」

「あなたがつけている、その貝《かい》がらのブローチとなら、リボンを交換《こうかん》してもいいですよ」

そう言《い》うと、お姉《ねえ》さんはルナがつけているブローチを指《ゆび》さします。おどろいたルナは、胸《むな》もとのブローチに手《て》をそえました。

（貝《かい》がらのブローチと、ラベンダー色《いろ》のリボンを交換《こうかん》する？）

「で、でも、このブローチは……」

ママへのお土産《みやげ》にしようと思《おも》っていたものです。交《こう》換《かん》してしまったら、きっともう二度《にど》と、ルナの元《もと》にはもどってきません。

ルナはむずかしい顔《かお》をしてうつむきました。

（どうしよう……）

ルナは、よく考《かんが》えました。

そうしてなやんだすえに顔《かお》をあげると、もう一度《いちど》まっすぐにお姉《ねえ》さんを見《み》つめかえしました。

「わかりました。このブローチと、リボンを交換《こうかん》してください！」

「本当《ほんとう》にいいんですか？」

「はい！　よろしくお願《ねが》いします！」

きれいな貝《かい》がらのブローチだけど、ノアのためなら惜《お》しくはないと思《おも》ったのです。

（私《わたし》は、ノアのよろこぶ顔《かお》が見《み》たいから！）

「ふふっ、わかりました。それじゃあ、ブローチとリボンを交換《こうかん》しましょう。そうだ、ラッピングはどうしますか？」

「ラッピング？」

ノアにプレゼントするなら、できればラッピングもお願《ねが》いしたいところです。

「じゃあ、お願《ねが》いしてもいいですか？」

「わかりました。本当《ほんとう》はラッピングもコインが三枚必要《さんまいひつよう》なんですけど、今日《きょう》はトクベツに、このゲームをクリアできたらサービスしますよ！」

★ミニクイズ36★　ひろばに住《す》んでいる動物《どうぶつ》は？

まちがい探《さが》し

シャボンストアで
まちがい探《さが》しゲームにちょうせん！

右《みぎ》と左《ひだり》の絵《え》で、ちがうところが7つあるよ！
全部《ぜんぶ》見《み》つけられるかな？

答《こた》えは187ページを見《み》てね！

「ふふっ。どうやら無事《ぶじ》に、ゲームをクリアできたみたいですね！」

ルナが問題《もんだい》の答《こた》えを伝《つた》えると、お姉《ねえ》さんは声《こえ》をはずませました。

「こちらのリボンでよろしいですね？　リボンはラッピングもさせていただきますね」

「はい、よろしくお願《ねが》いします！」

ルナは、貝《かい》がらのブローチをお姉《ねえ》さんにわたしました。

お姉《ねえ》さんはブローチを受《う》けとると、虹色《にじいろ》のふくろの中《なか》に、ラベンダー色《いろ》のリボンを入《い》れてくれます。

最後《さいご》に、プレゼント用《よう》のシールをつけてラッピングは完成《かんせい》です。

「わあっ、ありがとうございます！」

ミニクイズ36の答《こた》え　ロバ

「いえいえ、こちらこそありがとうございました」
ラッピングされたリボンを受《う》けとったルナは、お姉《ねえ》さんにお礼《れい》を言《い》って
お店《みせ》をでました。
落《お》とさないように、リボンはポケットにしまいます。
(早《はや》く、ノアに会《あ》いたいな)
そうしてノアを探《さが》すために、ふたたびシャボンランド内《ない》を歩《ある》きだそうと
したのですが――……。
「だれか、助《たす》けて！」
とつぜんどこかから悲鳴《ひめい》が聞《き》こえて、ルナはふみだしかけた足《あし》を止《と》めま
した。

★ミニクイズ37★ ジューシーないちごはぜんぶでなんこ？

9

勇気《ゆうき》をだして

「お願《ねが》い、だれか助《たす》けて！」

また、さけび声《ごえ》があたり一帯《いったい》にひびきます。

「な、なにがおきたの⁉」

悲鳴《ひめい》を聞《き》きつけたルナは、あわてて声《こえ》がしたほうに目《め》を向《む》けました。

「えっ？　あれって……もしかして、ティナ⁉」

今度《こんど》は、ルナがおどろいて声《こえ》をあげました。

ミニクイズ37の答《こた》え　14こ

視線《しせん》の先《さき》には、マーメイドカフェでブローチを拾《ひろ》ってくれた女《おんな》の子《こ》、ティナがいたのです。

でも、ティナはシャボン玉《だま》にとじこめられて、ひとりで空中《くうちゅう》をさまよっています。

「ティナッ！」

ちゅうにういているティナの下《した》では、ティナのママが何度《なんど》もティナの名《な》前《まえ》をよんでいました。

「ママー！　えーん、こわいよぅ」

「ティナ、ジッとして、うごかないで！　シャボン玉《だま》がわれたら大変《たいへん》よ！」

「えーん……」

ティナの泣《な》き声《ごえ》と、ティナのママのさけび声《ごえ》に気《き》づいたほかの人《ひと》たちも集《あつ》まってきました。

「おい、どうしたんだ⁉」

「なんで女《おんな》の子《こ》がひとりでちゅうにういてるんだ！」

「それが、どうやらシャボン観覧車《かんらんしゃ》のシャボン玉《だま》がはずれて、外《そと》に飛《と》びだしてしまったみたいなんだ」

「なんだって⁉　もしもシャボン玉《だま》がわれたら、あの子《こ》は下《した》に落《お》ちて大《おお》ケガをするぞ！」

大人《おとな》たちはあせった様子《ようす》で空《そら》を見上《みあ》げます。

★ミニクイズ38★　世界《せかい》から貝《かい》をぜんぶとったら、何《なに》がのこるかな？

ティナは今《いま》、シャボンランドで一番高《いちばんたか》い木《き》よりも、はるか上空《じょうくう》を飛《と》んでいました。

(どうしよう、このままじゃ、ティナがあぶない!)

「だれか、スカイガーディアンに通報《つうほう》はしたのか!?」

と、そのとき、ルナのとなりにいたおじさんがさけびました。

「そうだ、スカイガーディアンなら、あの子《こ》のことを助《たす》けてくれるさ!」

スカイガーディアンは、空《そら》の国《くに》を守《まも》るユニコーンたちのことです。ノアのあこがれでもあり、ノアが目標《もくひょう》にしている夢《ゆめ》でもあります。

(そっか、スカイガーディアンがきてくれたら安心《あんしん》だよね!)

一筋《ひとすじ》のきぼうを見《み》つけたルナは、ホッと胸《むね》をなでおろしました。

ところが……。

「きゃあっ！」

とつぜん、突風《とっぷう》がふきあれました。

ティナがとじこめられているシャボン玉《だま》は風《かぜ》にあおられて、遠《とお》くに流《なが》されそうになります。

「ダメだ！　スカイガーディアンがとうちゃくするまで、シャボン玉《だま》がもたないかもしれないぞ！」

また、みんなの顔《かお》がくもります。

ティナのママは両手《りょうて》で顔《かお》をおおって、とうとう泣《な》きだしてしまいました。

「ママ〜！　パパ〜！　だれか、助《たす》けてよぅ」

★ミニクイズ39★「マ☆ド」これ、なんて読《よ》む？

上空《じょうくう》では、ティナが助《たす》けをまっています。

ふたたび風《かぜ》がふいてシャボン玉《だま》が流《なが》されれば、なにかにぶつかり、パチン！と、われてしまうかもしれません。

（いったい、どうすればいいの？）

見《み》ていられなくなったルナは、思《おも》わず視線《しせん》を足《あし》もとに落《お》としました。

「あ……」

と、そんなルナの目《め》に、あるものがうつりました。

（魔法《まほう》のくつ……）

それはノアがパートナーの証《あかし》にくれた、空飛《そらと》ぶ魔法《まほう》のくつでした。

（そうだ。これをはいている私《わたし》なら、ティナのそばまで飛《と》んでいける！）

ミニクイズ39の答《こた》え　マスタード

ルナなら、ティナを助《たす》けられるかもしれません。
でも、そう考《かんが》えたルナの体《からだ》は、ぶるり！とおおきくふるえました。
（助《たす》けようとして、もしも失敗《しっぱい》しちゃったら？）
ルナはエミリに言《い》われた言葉《ことば》を思《おも》いだします。
『あなたじゃ、パートナーとして力不足《ちからぶそく》なんじゃない？』
（や、やっぱり、私《わたし》には無理《むり》だよ）
とたんに、おじけづいたルナは、下《した》くちびるをかみしめました。
ティナを助《たす》けたい気持《きも》ちは本物《ほんもの》です。
だけど失敗《しっぱい》したら、みんなをガッカリさせてしまうかもしれません。
そう思《おも》うと足《あし》がすくんで、ルナは一歩《いっぽ》もうごけなくなりました。

★ミニクイズ 40★ 「お城《しろ》がほしいか？」と聞《き》いてくる海《うみ》の生《い》きものはな―んだ？

「ティナッ、ティナー！」

ティナのママの悲痛《ひつう》な声《こえ》が、あたりにひびきわたります。

「ママ……。だれか……だれか、助《たす》けて……」

こたえるようにティナの声《こえ》が聞《き》こえましたが、先《さき》ほどよりもよわよわしく感《かん》じられました。

「ああ、あの子《こ》はマーメイドだから、長《なが》い時間《じかん》水《みず》につかれないのも危険《きけん》なんじゃないか？」

「そんな！　それじゃあ本当《ほんとう》に、早《はや》く助《たす》けてあげないと！」

そばにいたおじさんたちがなげきます。

ティナが助《たす》かるには、もはや一刻《いっこく》のゆうよもなさそうです。

ミニクイズ40の答《こた》え　シロイルカ

「どうして、こんなことに……。ティナは今日《きょう》、誕生日《たんじょうび》だったのに」
と、そう言《い》ったティナのママの声《こえ》が、下《した》を向《む》いていたルナの耳《みみ》にとどきました。
（そうだ。ティナは今日《きょう》、五歳《ごさい》のお誕生日《たんじょうび》だったんだ）
ルナは、カフェでブローチを拾《ひろ》ってくれたときの、ティナの笑顔《えがお》を思《おも》いだします。
ティナは、困《こま》っていたルナを助《たす》けてくれました。
（だから今度《こんど》は、私《わたし》がティナを助《たす》けるばんなんじゃないの!?）
次《つぎ》のしゅんかん、ルナは弱気《よわき》な自分《じぶん》をはげますと、うつむいていた顔《かお》をあげました。

そして、勇気《ゆうき》をふりしぼって、

（空《そら》を飛《と》びたい！）

と、心《こころ》の中《なか》でさけびました。

ふわりっ！

ルナの体《からだ》が、ちゅうにうきます。

「えっ⁉　うそっ」

「わっ、すごい！」

「あの子《こ》、飛《と》んだぞ！」

ルナが飛《と》んだことに、まわりの人《ひと》たちはおどろきの声《こえ》をあげました。

（ティナッ。まってて、今《いま》、助《たす》けるから！）

ルナはぐんぐんぐんぐん、空高《そらたか》くのぼっていきます。

（あと、ちょっと……！）

あっという間《ま》にシャボン玉《だま》においついたルナは、ティナに向《む》かってせいいっぱい腕《うで》をのばしました。

「ティナッ！」

「え……、ブローチのお姉《ねえ》ちゃん!?」

パチンッ！

そのときです。シャボン玉《だま》がおおきな音《おと》をたてて、われてしまいました。

「ああっ！」

★ミニクイズ41★「○○リ」は海《うみ》にしずみ、「○○ダ」は海《うみ》にうかぶよ。○○に入《はい》る海《うみ》の生《い》きものは？

いっしゅんで、ティナの体《からだ》が空中《くうちゅう》になげだされます。

「ティナッ！　つかまって！」

かんいっぱつのところで、ルナはティナの腕《うで》をつかむことに成功《せいこう》！

「よ、よかった……」

ハラハラしながら見《み》ていた人《ひと》たちも、地上《ちじょう》でホッと息《いき》をつきました。

(あとは、このまま下《した》までおりれば大丈夫《だいじょうぶ》)

しかし、安心《あんしん》したのもつかの間《ま》、

「ひゃ、ひゃあっ！」

まだ空《そら》を飛《と》ぶことになれていないルナは、おおきくバランスをくずしてしまいました。

（お、落《お》ちるっ！）

ルナはティナを抱《だ》きかかえたまま、まっさかさまに落《お》ちていきます。

ところが、（もうダメだ！）と思《おも》って目《め》をつむったしゅんかん、

「ルナッ！」

だれかの、ルナをよぶ声《こえ》が聞《き》こえたのです。

10

かさなった気持《きも》ち

「えっ⁉」

おどろいたルナは、とじたばかりの目《め》をあけました。

すると、こちらに向《む》かってまっすぐに飛《と》んでくるノアのすがたが見《み》えて……。

「ノアッ⁉」

ルナはとっさにさけびました。

そのまま一直線《いっちょくせん》に飛《と》んできたノアはルナの腕《うで》をつかむと、体《からだ》をささ

★ミニクイズ42★　ふうせんをわったら出《で》てくるケーキって？

えるために必死《ひっし》に上《うえ》にひきあげました。

「ルナ、がんばって！　ぼくがついてるから！」

ノアはどうにかしてふたりを助《たす》けようとふんばります。でも、ノアの力《ちから》だけでは、ふたり分《ぶん》の体重《たいじゅう》をささえることができません。

「う……ううっ」

（このままじゃ、ノアもいっしょに地面《じめん》に落《お》ちちゃう！）

落《お》ちたら三人《さんにん》とも大《おお》ケガをしてしまいます。

ドクン、ドクン。

ルナの胸《むね》のこどうが高鳴《たかな》ります。

「そんなのダメ……。ノアもティナも、私《わたし》が絶対《ぜったい》に助《たす》けるんだからっ！」

ミニクイズ42の答《こた》え　パンケーキ

ルナは、力《ちから》いっぱいさけびました。

「ぼ、ぼくだって、ふたりのことをぜったいに助《たす》けるんだ！」

ノアも、ルナにこたえるように、力《ちから》のかぎりさけびました。

すると……。

「「えっ⁉」」

とつぜん、ノアの角《つの》が虹色《にじいろ》にかがやきはじめたのです。

同時《どうじ》に、ルナがはいている魔法《まほう》のくつのまわりにも、きらめく星《ほし》がまいおどりました。

（これって……）

まるで、ルナがノアに魔法《まほう》のくつをもらったときのようです。

★ミニクイズ43★ 海《うみ》にもぐったり泳《およ》いだりするシカってだれ？

『そのくつは、ユニコーンのパートナーに選《えら》ばれた子《こ》だけがはける、魔法《まほう》のくつなんだ』

『願《ねが》えばね、お空《そら》を飛《と》べるんだよ！』

そのときノアに言《い》われた言葉《ことば》も、ルナの頭《あたま》の中《なか》でリフレインしました。

「……空《そら》を、飛《と》びたい」

短《みじか》く息《いき》をすったルナは、ちいさな声《こえ》でつぶやきます。

そうしてもう一度《いちど》、

「空《そら》を、飛《と》びたいっ！」

今度《こんど》は、力《ちから》いっぱい声《こえ》をはりあげて願《ねが》いました。

ふわりっ！

「わあっ！」

次《つぎ》のしゅんかん、下《した》でルナたちを見守《みまも》っていたみんなが、おおきな歓《かん》声《せい》をあげました。

虹色《にじいろ》の光《ひかり》につつまれた三人《さんにん》の体《からだ》はバランスよくちゅうにういたあと、ゆっくりと地上《ちじょう》におりたちました。

――ストン。

地面《じめん》に足《あし》がつくと、ルナは抱《かか》えていたティナをそっとおろします。

「ティナッ！」

「ママァ！」

無事《ぶじ》に地上《ちじょう》におりたティナは、そばの水路《すいろ》で見守《みまも》っていたママの腕《うで》の中《なか》に飛《と》びこみました。

「ママ、こわかったよぅ」

「ああ、ティナ、がんばったわね。もう大丈夫《だいじょうぶ》よ。あなたたち、ティナのことを助《たす》けてくれて、本当《ほんとう》にありがとう！」

ティナのママは、何度《なんど》も何度《なんど》もルナとノアにお礼《れい》を言《い》いました。

「お姉《ねえ》ちゃん、ユニコーンさん、助《たす》けてくれてどうもありがとう！」

ティナもふたりにお礼《れい》を言《い》うと、とてもうれしそうに笑《わら》いました。

「はぁ～……。よかった……」

無事《ぶじ》にティナとママが再会《さいかい》したのを見《み》たルナは、思《おも》わずその場《ば》にヘナヘナとしゃがみこみました。

(安心《あんしん》したら、いっきに力《ちから》がぬけちゃった)

足《あし》はいまだに、ガクガクとふるえています。

(なんだか、夢《ゆめ》でも見《み》ているみたい)

自分《じぶん》が、ティナを助《たす》けたんだ。そう思《おも》うと、心《こころ》がドキドキソワソワするだけじゃなく、すごくほこらしい気持《きも》ちになるのです。

(だけど、ティナを助《たす》けられたのは、私《わたし》だけの力《ちから》じゃないんだ——)

★ミニクイズ44★ おなかをかくすとイカになる生《い》きものって？

「あの子《こ》もルナも、ケガをしなくて本当《ほんとう》によかった。それにしてもルナってば、ひとりでムチャするんだから」

と、つぶやくように言《い》ったのはノアです。

ノアと目《め》があったルナは、少《すこ》しだけ気《き》まずそうに視線《しせん》を左右《さゆう》におよがせました。

「ノアは、どうして助《たす》けにきてくれたの？」

ルナはおそるおそるノアにたずねました。

（ノアは怒《おこ》っていて、私《わたし》はもうノアにきらわれたんだって思《おも》ってたのに）

「どうしてって、ルナはぼくの大切《たいせつ》な友達《ともだち》なんだから、助《たす》けるのはあたり前《まえ》だよ！」

ルナの問《と》いに、ノアは瞳《ひとみ》をうるうるとうるませながら答《こた》えました。

「友達《ともだち》？　私《わたし》は、ノアの夢《ゆめ》をかなえるためのパートナーでしょ？」

「なに言《い》ってるの。パートナーである前《まえ》に、友達《ともだち》だよ。だってルナは、エミリとアルマから、ぼくをかばってくれたじゃないか！」

ノアはそう言《い》うと、ルナをまっすぐに見《み》つめました。

「ノア……」

ノアの言葉《ことば》を聞《き》いたルナの目《め》にもなみだがうかびます。

ルナは目《め》にうかんだなみだを服《ふく》のそででそっとぬぐうと、今度《こんど》こそまっすぐにノアを見《み》つめかえしました。

「私《わたし》……自分《じぶん》の気《き》持《も》ちばっかり優先《ゆうせん》して、ノアをきずつけちゃった。本当《ほんとう》にごめんね」

「ううん、ぼくのほうこそ自分勝手《じぶんかって》なことばかり言《い》って、本当《ほんとう》にごめんなさい」

ふたりはそれぞれにあやまると、あらためて顔《かお》を見《み》あわせます。

なみだぐむふたりの表情《ひょうじょう》と心《こころ》は、おそろいでした。

（あ……そうだ。おそろいといえば……）

そのとき、ルナはあることを思《おも》いだしました。

ポケットの中《なか》から取《と》りだしたのは、貝《かい》がらのブローチと交換《こうかん》したラベンダー色《いろ》のリボンです。

「あのね、ノア。じつはノアにプレゼントがあるんだ」

「プレゼント？」

ラッピングをあけたルナは、リボンをノアの前《まえ》にさしだします。

「これ、シャボンストアで、貝がらのブローチと交換《こうかん》してもらったの」

「ええっ!?　あのブローチは、ルナのママへのお土産《みやげ》にする予定《よてい》だったんでしょ？　交換《こうかん》してよかったの？」

「うん。私《わたし》は、このリボンがノアにすごく似合《にあ》うと思《おも》って、どうしてもノアにプレゼントしたかったんだ」

「ルナ……」

「このリボン、私《わたし》とおそろいなの。ノアのたてがみにつけてもいい？」

ルナがたずねると、ノアはリボンとルナの顔《かお》をこうごに見《み》たあと、花《はな》がさいたような笑《え》みをうかべました。

「もちろんだよ！」

ミニクイズ45の答《こた》え　土《つち》（絵文字《えもじ》はようびを表《あらわ》しているよ）

おえかき&ぬり絵《え》

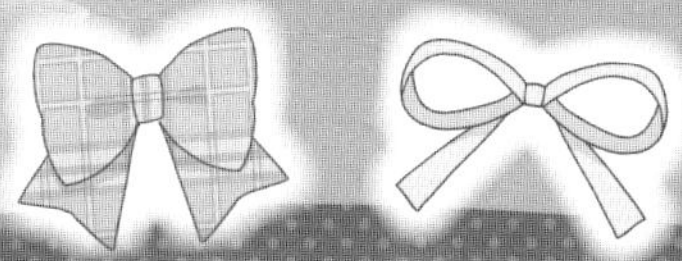

ルナとノアにリボンをかいてみよう！

カンタンかわいいリボンをかくコツ★

ふっくらリボン

❶□を真《ま》ん中《なか》にかく

❷□の右《みぎ》と左《ひだり》に大《おお》きく三角《さんかく》をかく

❸下《した》に伸《の》びているリボンをかきたす

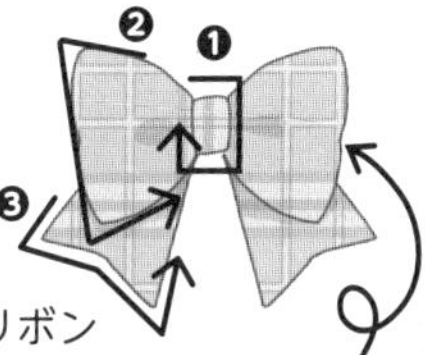

ヒモ風《ふう》細《ほそ》めリボン

❶小《ちい》さめの□を真《ま》ん中《なか》にかく

❷□の右《みぎ》と左《ひだり》に細長《ほそなが》い丸《まる》をかいて、さらにその中《なか》にひと回《まわ》り小《ちい》さいサイズの細長《ほそなが》い丸《まる》をかく

❸下《した》に伸《の》びているリボンをかきたす

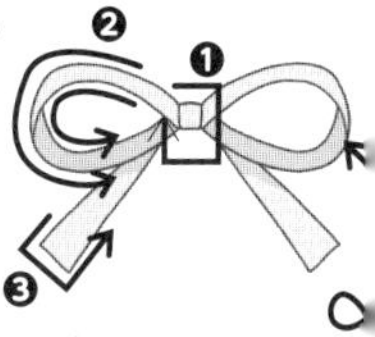

真《ま》ん中《なか》をちょっとへこませてね！フチをもこもこにすると、レース風《ふう》になるよ！

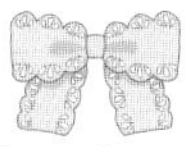

縦線《たてせん》を入《い》れると、立体感《りったいかん》がでるね

ふたりに色《いろ》を塗《ぬ》ってみてね！

「わあ、かわいい！　どうもありがとう！」
「ふふっ、どういたしまして。ノアとおそろいなの、うれしいな」
おそろいのラベンダー色《いろ》のリボンをかみにむすんだふたりは、顔《かお》を見《み》て
ほほえみあいます。
「あのさ、ルナ。あらためて、友達《ともだち》のルナにお願《ねが》いがあるんだけど……」
と、ふいにかしこまったノアが、緊張《きんちょう》した様子《ようす》で口《くち》をひらきました。
「うん。お願《ねが》いって？」
「大切《たいせつ》な友達《ともだち》のルナに、ぼくのパートナーになってほしいんだ。ぼくは大《だい》
好《す》きな空《そら》の国《くに》を守《まも》るために、ルナとふたりでスカイガーディアンになるっ
て夢《ゆめ》をかなえたい！」

ノアの言葉《ことば》を聞《き》いたルナは、少《すこ》し考《かんが》えこんだあと、自分《じぶん》の胸《むね》に手《て》をあてました。

とくん、とくん。

しんぞうはルナの気持《きも》ちを後押《あとお》しするように、リズムをきざみつづけています。

「私《わたし》……自分《じぶん》が、あんなふうにだれかの役《やく》に立《た》てるなんて知《し》らなかった」

思《おも》いだすのは、ルナに「ありがとう」と言《い》ってくれたティナやティナのママの笑顔《えがお》です。

（あのとき、勇気《ゆうき》をだして本当《ほんとう》によかった）

今《いま》、ルナは心《こころ》の底《そこ》からそう思《おも》います。

★ミニクイズ46★ 勇気《ゆうき》がない人《ひと》がかかっちゃう病気《びょうき》ってどんな病気《びょうき》？

同時《どうじ》に、勇気《ゆうき》をだすのは大変《たいへん》だけど、とても楽《たの》しいことだと気《き》づいたのです。

「私《わたし》ね、空《そら》の国《くに》にくる前《まえ》の自分《じぶん》より、今《いま》の自分《じぶん》のほうが好《す》き。だから、ノアといっしょにスカイガーディアンになれたら、私《わたし》は自分《じぶん》のことを、もっともっと大好《だいす》きになれる気《き》がするんだ！」

そう言《い》うと、ルナはノアにギュッと抱《だ》きつきました。

「それじゃあ、ルナは……」

「うんっ！ ノア、ふたりでいっしょに、スカイガーディアンを目指《めざ》そう！」

ルナのその言葉《ことば》を聞《き》いたノアは、パァッと表情《ひょうじょう》を明《あか》るくしました。

ミニクイズ46の答《こた》え 臆病《おくびょう》

「やったぁ！」

前足《まえあし》を高《たか》くあげて、おおよろこびです。

「そうと決《き》まれば、早《はや》くミッションにちょうせんしたいな」

「ふふっ。ルナってば、はりきりすぎだよ」

ところが、ふたりがもう一度《いちど》顔《かお》を見《み》あわせて笑《わら》いあった、次《つぎ》のしゅんかん――。

「「えっ⁉」」

とつぜんふたりの体《からだ》が、虹色《にじいろ》の光《ひかり》につつまれました。

「な、なにこれ⁉」

光《ひかり》は、どんどん強《つよ》くなっていきます。

★ミニクイズ47★ 王《おう》さまと女王《じょおう》さまが4人《にん》ずついるところはどこ？

あまりのまぶしさに、ルナとノアはまぶたをギュッととじました。

（わ、わわっ！）

キラキラキラ……。

あっという間《ま》に、光《ひかり》はおおきくなります。

そのままふたりは、虹色《にじいろ》の光《ひかり》の中《なか》にすいこまれてしまいました――。

ミニクイズ47の答《こた》え　トランプ

11

ブルージュエル

「な、なにがおきたの？」

とつぜんあらわれた、虹色《にじいろ》の光《ひかり》。

次《つぎ》にルナとノアが目《め》をひらいたときには、とてもごうかな広間《ひろま》に立《た》っていました。

「ここはどこ……？」

とまどいながら、ルナがつぶやきます。ふたりはシャボンランドにいたはずなのに、いつの間《ま》にかおおきなお城《しろ》の中《なか》にいました。

★ミニクイズ48★　いつもマントを着《き》て笑《わら》っている動物《どうぶつ》はなに？

「ようこそ、スカイキャッスルへ」

「えっ⁉」

そのとき、うしろから声《こえ》がして、おどろいたルナとノアは同時《どうじ》にふりかえりました。

ふりかえった先《さき》には、空色《そらいろ》の美《うつく》しいドレスを着《き》たきれいな女《おんな》の人《ひと》と、りっぱな角《つの》をもったユニコーンが立《た》っています。

「お、王女《おうじょ》さまと、アトラスさま！」

おどろきの声《こえ》をあげたのはノアです。

なんと、そこにいたのは、空《そら》の国《くに》の王女《おうじょ》さまのクレアと、クレアにつかえるスカイガーディアンのトップユニコーン・アトラスだったのです！

ミニクイズ48の答《こた》え　マントヒヒ

「ぼ、ぼくたちは、なんでここに……？　それに、どうして、おふたりがいるんですか？」

ふるえる声《こえ》でノアがたずねます。

すると、クレアとアトラスの右《みぎ》となりにひかえていた男《おとこ》の人《ひと》が口《くち》をひらきました。

「今《いま》、クレアさまが言《い》ったとおり、ここは空《そら》の国《くに》のお城《しろ》、スカイキャッスルだ」

つづいて、左《ひだり》となりに立《た》っている女《おんな》の人《ひと》も口《くち》をひらきます。

「クレアさまが、魔法《まほう》でふたりをここによびよせたのよ」

そう言《い》ったふたりは、ジャケットがおしゃれな、とてもかっこいい制服《せいふく》を着《き》ていました。

（すごくステキ……）

しせいよく立《た》っているふたりのそばには、個性的《こせいてき》でりっぱな角《つの》をもった
ユニコーンたちもいます。

ルナは、そのせいかんなすがたに、ポーッと見《み》とれました。

「ねぇ、ノア。今《いま》、話《はな》したふたりはだれ？」

がまんできずに、ノアにこっそりたずねます。

「おふたりとも、王女《おうじょ》さまとアトラスさまにつかえる、すごく優秀《ゆうしゅう》なスカ
イガーディアンだよ！」

「えっ！　そうなんだ！」

★ミニクイズ49★　角《つの》を持《も》っている海《うみ》の生《い》き物《もの》はなに？

はじめてスカイガーディアンを見《み》たルナは、思《おも》わず瞳《ひとみ》をかがやかせました。

（ふたりとも、すごくかっこよくてあこがれちゃう）

ルナの目《め》がキラキラしていることに気《き》がついたクレアは、ニッコリとほほえみます。

そして、空《そら》の国《くに》のユニコーンたちのあこがれであるアトラスのたてがみをなでながら、口《くち》をひらきました。

「私《わたし》たちは魔《ま》法《ほう》の鏡《かがみ》をつかって、ルナとノアのことをずっと見《み》ていたの」

「え？」

「その結《けっ》果《か》、クレアさまが、ふたりの勇《ゆう》気《き》をみとめたぞ。ルナ、ノア。

ミニクイズ49の答《こた》え　タツノオトシゴ

ミッションクリア、おめでとう」

「え……えええっ⁉」

アトラスがそう言《い》ったしゅんかん、ふたりの目《め》の前《まえ》に青色《あおいろ》にかがやく美《うつく》しい宝石《ほうせき》があらわれました。

「もしかして、これってレインボージュエル？」

ふわふわとういている青色《あおいろ》の宝石《ほうせき》を見《み》ながら、ノアがたずねます。

「ああ、これはレインボージュエルのひとつ、〝ブルージュエル〟だ。今《こん》回《かい》のミッションクリアの証《あかし》として、今《いま》からふたりにさずけよう」

アトラスの言葉《ことば》にこたえるように、ブルージュエルがまぶしく光《ひか》りだしました。

「あっ！」

同時《どうじ》に、ノアの角《つの》も光《ひか》りはじめます。

そのままブルージュエルは、ノアの角《つの》に吸収《きゅうしゅう》されるように消《き》えていきました。

「集《あつ》めたレインボージュエルは、そうしてユニコーンの角《つの》と一体化《いったいか》することで、あたらしい魔法《まほう》の力《ちから》に変《か》わるのだ」

とまどうノアに、アトラスが説明《せつめい》します。

けれど、ノアもルナも、いまだにわからないことだらけで混乱《こんらん》していました。

「わ、私《わたし》たちは、いつミッションをクリアしたんですか?」

ルナが思《おも》いきってたずねます。

すると今度《こんど》はクレアが一歩前《いっぽまえ》にでて、ふたりに説明《せつめい》してくれました。

「じつは、あなたたちがシャボン玉《だま》の島《しま》に入《はい》ったしゅんかんから、ミッションははじまっていたのです」

「えっ!?」

「ひとつめのミッションは〝ふたりの心《こころ》をかよわせること〟でした。最初《さいしょ》

★ミニクイズ50★ 星《ほし》は星《ほし》でも、とってもあまーい星《ほし》はなーんだ?

はどうなることかと思《おも》ったけれど、ふたりは力《ちから》をあわせてティナを救《すく》い、おたがいの気《き》持《も》ちを伝《つた》えあうことができましたね」

さらにクレアは説《せつ》明《めい》をつづけます。

どうやら本当《ほんとう》に三人《さんにん》がピンチになったら、クレアとアトラスのとなりにいるスカイガーディアンたちが助《たす》けにいく予定《よてい》だったそうです。

思《おも》いもよらない話《はなし》におどろいたふたりは、言葉《ことば》をうしないました。

(まさか、知《し》らないうちにミッションをクリアしてたなんてビックリしちゃった！)

信《しん》じられない気《き》持《も》ちでいっぱいです。

「ルナ、ノア、これからも空《そら》の国《くに》の島《しま》をめぐり、力《ちから》をあわせてミッション

ミニクイズ50の答《こた》え　カスタード

をクリアするのだ」

「そうしてレインボージュエルを集《あつ》めることができれば、私《わたし》たちのように一人前《いちにんまえ》のスカイガーディアンとしてみとめられるわ」

スカイガーディアンのふたりが言《い》いました。

がんばれば、ふたりのようなかっこいいスカイガーディアンになれるかもしれない——。

それを聞《き》いたルナの心《こころ》は、決意《けつい》にもえてあつくなりました。

「ルナとノアなら、りっぱなスカイガーディアンになれると信《しん》じていますよ」

つづけてクレアにそう言《い》われたルナは、思《おも》わずノアと顔《かお》を見《み》あわせます。

★ミニクイズ51★ 虹《にじ》にあって雨《あめ》にはない、空《そら》にあって雲《くも》にないものは？

目《め》があったふたりは、自然《しぜん》と口《くち》もとに笑《え》みをうかべました。

(ふしぎ。今《いま》、ノアがどんな気持《きも》ちなのか、言《い》われなくてもわかっちゃう！)

きっとノアもルナと同《おな》じように、心《こころ》があつくなっているはずです。

「ミッションクリアに必要《ひつよう》なのは、ふたりのキズナです。心《こころ》やさしく勇気《ゆうき》のあるふたりなら、きっとどんな試練《しれん》ものりこえていけるでしょう」

クレアの言葉《ことば》を聞《き》いたルナとノアは、今度《こんど》こそ力強《ちからづよ》くうなずきました。

「私《わたし》たち……」

「ぼくたち……」

「ぜったいに、スカイガーディアンになります！」

ミニクイズ51の答《こた》え　エ（漢字《かんじ》にちゅうもく！）

きぼうが胸《むね》にたぎります。
声《こえ》をそろえたふたりの瞳《ひとみ》は、空《そら》にまたたく星《ほし》のようにきらめいていました。

★ミニクイズ 52★　いつもドキドキしてるゾウはどんなゾウ？

ルナのお手紙《てがみ》

「よしっ、これで完《かん》ぺき！」

とても気持《きも》ちのよい朝《あさ》です。

雲《くも》ひとつない青空《あおぞら》には、今日《きょう》もふしぎなことにきれいな星々《ほしぼし》がかがやいています。

「手紙《てがみ》には、なんて書《か》いたの？」

もどってきたルナに、ノアがたずねました。今《いま》、ルナはママとパパにしたためた手紙《てがみ》を、空《そら》の国《くに》のポストに入《い》れてきたところです。

ミニクイズ52の答《こた》え しんぞう

「ええと、手紙《てがみ》にはね……」

ルナは、昨日《きのう》一日《いちにち》考《かんが》えた手紙《てがみ》の内容《ないよう》を頭《あたま》の中《なか》に思《おも》いうかべました。

☆ママ、パパへ☆
空の国で、大切な友達ができました。
友達と夢を叶えたら家に帰ります。
P.S いつか ママとパパも一緒に
シャボンランドに遊びに行こうね♪

★ミニクイズ53★ ある物《もの》をとられたのに、ルナもノアも笑《わら》ってるよ！ 何《なに》をとられた？

「ふふっ。そのときは、ぼくもいっしょにシャボンランドを案内《あんない》するね！」

ルナからこっそり手紙《てがみ》の内容《ないよう》を聞《き》いたノアは、楽《たの》しそうにほほえみました。

「それでノア、次《つぎ》はどの島《しま》に行《い》くの？」

「うーん。あっ、そうだ！　あの島《しま》なんてどうかな？」

そう言《い》うと、ノアは遠《とお》い空《そら》の向《む》こうを見《み》つめます。次《つぎ》はいったい、どんな冒険《ぼうけん》がふたりをまっているのでしょう。

考《かんが》えると、ワクワク、ドキドキ。心《こころ》は楽《たの》しいリズムをきざむようにおどりました。

ミニクイズ53の答《こた》え　写真《しゃしん》

「ノア、これからもよろしくね！」

「こちらこそよろしく、ルナ！」

ふわりっ！　体《からだ》がちゅうにうきます。

今《いま》なら、どこまでも飛《と》んでいけそうです。

「**「いっしょに行《い》こう！」**」

ふたりの声《こえ》がかさなります。

そのまま、ふたりはならんでよりそうと、笑顔《えがお》で空《そら》に向《む》かってかけだしました——。


（つづく）

やってみよう！

ルナとおそろいヘアアレンジ

たまねぎツインテール

必要《ひつよう》なもの

- ゴム…8～12こくらい
かみの長《なが》さや、たまねぎを作《つく》る数《かず》によって変《か》わるよ！
- リボン
ほそめのタイプがおすすめ！

ステップ 1

ふたつにむすぶ。

ステップ 2

むすび目《め》が、同《おな》じ間《かん》隔《かく》になるようにむすんでいく。

ステップ 3

反対側《はんたいがわ》も同《おな》じように。ふんわりするように毛先《けさき》を引《ひ》きだしてみよう！

完成《かんせい》

最後《さいご》にむすび目《め》にリボンをむすんだら、できあがり！

リボン三《み》つ編《あ》みヘア

必要《ひつよう》なもの

- ゴム…2こ
- リボン

ふとめのタイプがおすすめ！

ステップ 1

かみをサイドでひとつにむすぶ。

ステップ 2

むすび目《め》の上《うえ》のかみを左右《さゆう》にわける。できた穴《あな》に毛束《けたば》を上《うえ》から下《した》に通《とお》すと、くるりんぱになるよ。

ステップ 3

リボンを頭《あたま》に巻《ま》いて、むすび目《め》の前《まえ》(耳《みみ》のうしろあたり)でむすぶ。

ステップ 4

ひとつむすびにした毛束《けたば》を3つにわけて、リボンといっしょに三《み》つ編《あ》みしていく。最後《さいご》はゴムでとめてね。

完成《かんせい》

あまったリボンをむすび目《め》に巻《ま》きつけて、リボンむすびにしたらできあがり！

お手紙《てがみ》メモ＆ふうとう

ルナみたいに、おうちの人《ひと》やお友達《ともだち》に
お手紙《てがみ》を書《か》いてみよう。
てんせん（- - -）で切《き》り取《と》って、つかってね！
お手紙《てがみ》は、直接《ちょくせつ》わたしてね。

Dear

From

のりしろ

のりしろ

答《こた》え合《あ》わせページ

しりとりめいろ

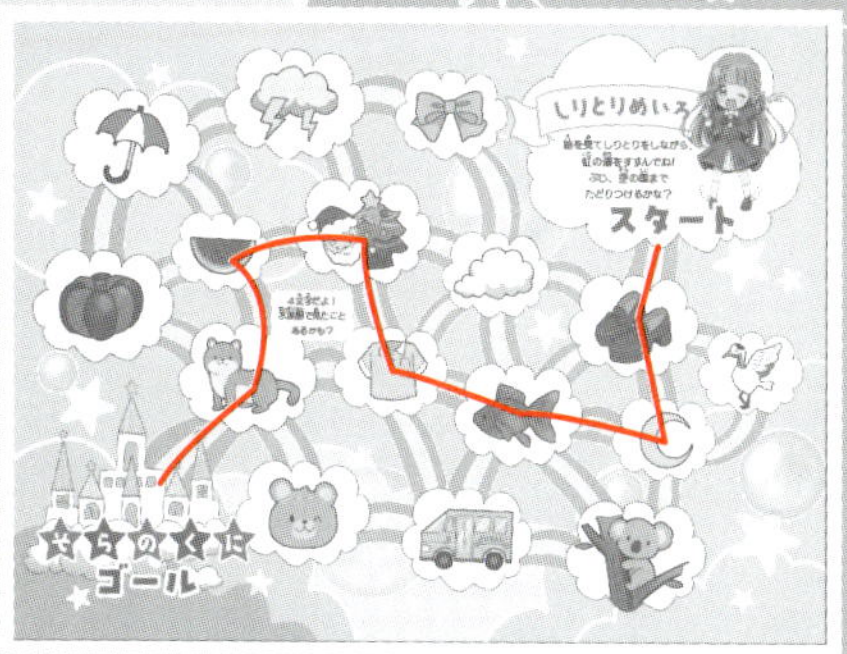

せいかいルート

くつ→つき→きんぎょ→
ようふく→クリスマス→
すいか→カワウソ→
そらのくに

絵《え》探《さが》し

まちがい探《さが》し

ちょっぴり
むずかしかったね！
みんなはできた？

著 ☆ 小春りん（こはるりん）

静岡県出身、藤沢市在住。デザイナーとして働くかたわら、2013年に作家デビュー。第七回小学館ジュニア文庫小説賞の金賞を受賞。主な作品に『はちみつ色の太陽』『たとえ声にならなくても、君への想いを叫ぶ。』(スターツ出版刊) などがある。

絵 ☆ ao.（あお）

大阪府出身。星座はいて座。趣味は鉱物収集・ステンドグラス鑑賞・釣り。特に好きな鉱物の種類は蛍石。いつか海外のミネラルショーに行ってみたいです！

ルナとふしぎの国のユニコーン
キズナが生まれるシャボンの島

2024年11月26日初版第1刷発行

著　者	☆ 小春りん　©Lin Koharu 2024
発行人	☆ 菊地修一
イラスト	☆ ao.
カバーデザイン	☆ 齋藤知恵子
本文デザイン	☆ 齋藤知恵子　久保田祐子
ＤＴＰ	☆ 久保田祐子
企画編集	☆ 野いちご書籍編集部
発行所	☆ スターツ出版株式会社

〒104-0031 東京都中央区京橋1-3-1
八重洲口大栄ビル7F
TEL 03-6202-0386（出版マーケティンググループ）
TEL 050-5538-5679（書店様向けご注文専用ダイヤル）
https://starts-pub.jp/

印刷所　☆　中央精版印刷株式会社
Printed in Japan
ISBN 978-4-8137-9389-2　C8093

乱丁・落丁などの不良品はお取り替えいたします。上記出版マーケティンググループまでお問い合わせください。

本書を無断で複写することは、著作権法により禁じられています。

定価はカバーに記載されています。

対象年齢：小学校低〜中学年

この物語はフィクションです。

実在の人物、団体等とは一切関係がありません。

・—☆—☆—☆—・

ファンレターのあて先

〒104-0031　東京都中央区京橋1-3-1 八重洲口大栄ビル7F
スターツ出版（株）書籍編集部 気付　小春りん先生
いただいたお便りは編集部から先生におわたしいたします。